我们的年轻 柔软而硬气

卷毛维安 著

北京时代华文书局

图书在版编目（CIP）数据

我们的年轻，柔软而硬气 / 卷毛维安著. -- 北京 : 北京时代华文书局, 2017.6
ISBN 978-7-5699-1628-7

Ⅰ. ①我… Ⅱ. ①卷… Ⅲ. ①随笔—作品集—中国—当代 Ⅳ. ① I267.1

中国版本图书馆 CIP 数据核字（2017）第 126407 号

我们的年轻，柔软而硬气

Women De Nianqing Rouruan Er Yingqi

著　　者 | 卷毛维安

出 版 人 | 王训海
统筹监制 | 余　玲
选题策划 | 曾　丽
责任编辑 | 曾　丽　石乃月
装帧设计 | 蔡小波　王艾迪
责任印制 | 刘　银　范玉洁

出版发行 | 北京时代华文书局 http://www.bjsdsj.com.cn
北京市东城区安定门外大街 136 号皇城国际大厦 A 座 8 楼
邮编：100011　电话：010－64267955　64267677
印　　刷 | 北京京都六环印刷厂　010-89591957
（如发现印装质量问题，请与印刷厂联系调换）
开　　本 | 880mm×1230mm　1/32　印　　张 | 7.5　字　　数 | 145 千字
版　　次 | 2017 年 8 月第 1 版　印　　次 | 2017 年 8 月第 1 次印刷
书　　号 | ISBN 978-7-5699-1628-7
定　　价 | 39.80 元

谨以此书献给

每一个闪亮又坚硬的二十岁

世界喧嚣，你不能浮躁；
周遭尖锐，你不如温柔。

这个世界上存在很多不可思议，
不过奇迹并不常常发生，不然就太没劲了。

///

/
/
/

你 的 努 力， 这 个 世 界 都 看 在 眼 里。

目 录

_CONTENTS /

壹 · Part 1

你已经到了
可以重塑自己的年纪

贰 · Part 2

没遇见喜欢的人，就先遇见喜欢的事情吧

叁 · Part 3

有自己的小确幸，很柔软，又很硬气

肆 Part 4

你本来就是孤品，何必活得像个爆款

后记

我们的年轻
，
柔软而硬气

壹 Part 1

你已经到了可以重塑自己的年纪

二十多岁，学会创造价值，而不是一味消耗资源

///

有段时间，我觉得自己的生活变得很“贵”。

花出去的钱很大一部分并没有用于吃穿，而用在一些看起来挺无用的东西上。我喜欢攒票根，有时候翻翻，发现攒得最多的竟然是去各个地方的火车票；还有很多画展、话剧、音乐节的门票。此外还积攒了不少分享会之类的纪念册周边。

这些支出其实并不是一笔小数目，有的来自家里资助，更多的来自自己赚的零用钱。

我并不是什么富二代，不过从小家里还算宠着，所以也没有经历过那种特别难熬的日子，和大多数女生一样，看到好看的包包也会忍不住下单。

可是我明白，再漂亮的衣服穿在身上，过不了多久也会穿腻，然后被新衣服代替。那种美是单薄的，而且太短暂了，就像

春末落红，缤纷鲜艳不再，也只能随流水逝去或者变成春泥衬托来年春光。

买椟还珠，舍本逐末，那是目光短浅的人才做出的事情。二十多岁的你，请不要光做一个漂亮的盒子，却虚着内心拿不出一颗漂亮的珍珠。否则，即使吸引来了一些垂涎看客，也只是曹刿口中的“肉食者”。

经常听同学们相互调侃，“这个月又要吃土了。”看上了一支颜色漂亮的口红，想到喜欢的品牌的裙子又要上新了，却迟迟不敢下手——欲望不断膨胀，但囊中羞涩，开源不得，又狠不下心节流。

我也抱怨过喜欢的东西太多，而生活费太少。直到如今天天赶稿子，用时间和身体劳累赚得一点小钱，反而不愿意投太多钱在吃穿享乐上。这忽然的醒悟，像浸在寒夜的冷水中忽然抬起了头，一片模糊中却看到了光亮，也懊悔没有早一点明白这个道理：在我们这个年纪，很多人会把关注点放在“我手头有多少钱，够买什么”，而不是在想“我如何用现有的钱赚得更多的钱”，或者“怎样提高自己的价值和做事效率，从而省下更多的时间去做别的事情，创造更多的价值”。

之前我去考了心理咨询师，然后便有非常多的读者向我咨询相关事宜。其实对我来说，学习心理学也相当于一次对自己的投资吧。

从高中开始我就对心理学感兴趣，也曾买教材自学，无奈只是“门外汉”，对很多专业名词一知半解，最后只好作罢，但是隐隐还有些放不下。

大二下学期，自己的时间比较多，所以我和爸爸商量，想去考国家三级心理咨询师，一是为了证书，更重要的是想系统地学习一下关于心理学的理论知识，也算弥补以前的一些遗憾。

学长学姐帮忙牵线搭桥，联系上了一个培训班，但是因为上课的地点实在太远，我只好报网络课，看着屏幕上的老师，只能听，问不得。

两本厚厚的教材——一本基础知识，一本实操；还有厚厚一摞真题，从零开始啃。

四月学得断断续续，五月开始冲刺，虽然难——其实也并没有那么难，毕竟应试的成分比较多——反复做真题之后也能摸清楚一些“套路”，记背分析之后也有了一些知识框架。结果考试时发挥得比较稳定，甚至比预期还好一些。备考的那段时间真的挺痛苦，但是想想如今对于心理学的一些基本知识逐渐思路清晰，而且发现社会心理学里很多概念可以用于分析当下的一些想法，也算是收获颇多。

其实心理学并没有大家想的那么高大上和神秘，心理咨询师也不会读心术；况且心理咨询师三级只是一个入门，还没有给人做咨询的资格。但于我而言，为此所付出的财力物力都是值得的。因为这笔钱和这些时间是投入在我自己身上，所学到的知识多多少少也对我以后的为人处世有所指导，让我对一些问题的分析都更加理性和客观。

有时候觉得自己在做一笔投资，把钱和时间投在自己身上，把自身变成一个转化器，将每天所见所闻所感所学进行发酵，创造出另外一些新鲜而充满价值的东西。

钱可以变成很多东西，很多东西可以变成钱，很多东西也可以变成很多东西。

你的修养，你的眼界，你的气质，你未来的种种可能。

二十多岁，无论男女，都应该把重点放在如何投资自己，创造更多的价值，而不是挖空心思去想，怎么样才能把钱花得更爽。

上次和一个读者讨论起“网红”这种神奇的产物。那位读者的一个朋友很羡慕那些在网上卖个萌勾勾手指就引得一群人尖叫“女神”的姑娘，于是立志也要成为新生代网红——每天花大把时间在穿衣打扮上，挑选修得最满意的照片上传到网上，期待着某天能够轻轻松松地靠美貌获得众人爱戴。

那个读者告诫她的朋友“这不现实”，朋友却觉得周围人是在嫉妒她，结果两人还为此争执了起来。

那个读者气不过，跑来问我：“维安，你对‘网红’怎么看？”

我看着那一张张充满胶原蛋白、五官精致的脸，也觉得赏心悦目，羡慕，又不羡慕。这个时代人们的兴趣点和热情更迭得太快，你根本不知道下一个火起来的会是谁。单纯“靠脸吃饭”的网红也是充满危机的，她越美，就会越害怕未来美丽消失的那天。这一刻她被众人推至至高点，下一秒就有可能摔到谷底，这云泥之别的待遇，不知道她能否承受。

人在二十岁的时候，常常觉得自己从头到脚都是新的，因为是最青春的年华，所以一定要好的东西来配，于是渴望着名贵的衣服、包包、鞋子，众人的爱戴称赞，誓要在最美的年龄过上最优质的生活。

可是年轻的容颜是会衰老的，固定的资产是会被消耗的。二十多岁的时候，不能只看着华丽的橱窗数着钱包里的钞票，我们已经有权利问自己：我该如何将现有的资源转化为价值，而不是一味地消耗下去。

用懒散和享乐来填充生活的空虚，没有比这更傻的了。

我很喜欢的马来西亚歌手Zee Avi有一首歌叫*Just You and Me*，里面的一句歌词唱的是我期待的生活状态：

“There's so much in the world that I'd like to soak up with my eyes.”（大千世界里还有如此多的东西等我们去发现。）

让自己的眼睛看过尽可能多的东西，让大脑里装进尽可能多的知识，让生活中遇见尽可能多的人，让生命有尽可能多的选择。把现有的资源投资在自己身上，别人抢不走，也消灭不了。

只要你还存在，就带着无限可能。

适合的圈子，能理解你的“不合群”

///

有次我在微博看到一句话：俄罗斯方块教会我们，如果你合群，就会消失。

眼前仿佛落下各种形状的彩色方块，一行行码得整整齐齐，每当一行的缺口被补完，方块之间密不透风，这一行忽然就“噌”地消失了。

生活就是一场刺激的消除游戏，而每个人就如同一个小方块。我们都希望融入集体，找到共鸣，于是投身人群，感受那种左右相伴的温暖。可当你和所有人都一样的时候，却忽然找不到自己了。

人与人之间还是需要一些空隙的。

这条关于“俄罗斯方块哲学”的微博是KIKI最近转发的。我很诧异，深夜矫情一般都事出有因，不是工作方面有了焦虑，就是人际关系出了问题。

她是我的一位读者，在离家很远的城市上学。她说最近常常睡不好，上课也老走神。其实她的生活并没有遇到什么大的困难，道路平坦，方向明确，只是一颗有些磨脚的小石子卡在鞋中，让她走得不自在。这个小麻烦不是来自别人，而是每天朝夕相处的舍友。

KIKI的宿舍原来一共有四个人，大一的时候，她们常常一起宅在宿舍追剧，一起复习，一起讨论功课，性格也都合得来。大家一起生活了一年多，不曾出现过什么矛盾，有这样的舍友，KIKI觉得自己无比幸运。

后来，和KIKI玩得最好的那个姑娘出国了，剩下的三个人朝夕相伴，仍然过了一段和谐的日子。可渐渐地，KIKI觉得有些地方开始不对劲了。

“大一的时候，自己好像没有什么特别的想法，就是好好学习，完成作业，偶尔和舍友到周边城市玩玩，因此我们的生活没有什么不同。到了大二，我打算出国，开始准备雅思，小斯和三三都打算直接工作，所以我们的生活节奏开始变得不一样了。我经常跑图书馆，或者出去上课，没有太多时间陪她们了。”

小斯和三三是她的两个舍友，说到自己最近的忙，KIKI语气中带着歉意和愧疚。

最近让KIKI茶饭不思的事情其实很小。那天她自习回来，小斯和三三正相聊甚欢，只是简单地和她打了声招呼就继续自己的话题。

KIKI疲惫地躺在床上，一边玩手机一边听她们聊天，听着听着，忽然有个念头闪现出来，心生一丝凄凉：她们聊了一个多小时，都没有来问问我，难道是在冷落我吗？

她有些刻意地找了个间隙插话："对了，你们英语期末作业搞定了吗？"

刚刚一直滔滔不绝的小斯忽然冷笑："别说了，本来我和三三都想好了我们三个人一起做一个主题，但你不是要和交流生一起做吗，只好我们两个人做咯。"她的语气中满是不高兴。

学校这学期来了很多英国留学生，KIKI又是英语协会的部员，一来二去和外国同学熟了，常常和他们一起讨论问题。最近他们想了一个很棒的创意，打算作为期末作业的主题。KIKI是有自己的小心思，她打算考雅思，必须多练习英语，和留学生同学在一起既聊得来，又可以提高自己的英语水平，何乐而不为呢？

可是小斯说："我们不是最好的朋友吗？你和他们一起，把我们放在哪里了？"

好像在她的逻辑里，你不和她们一起做作业就意味着不和她们最要好了；你不和她们最要好了，这段友谊也就差不多要结束了。

女生因为这样的小事"吃醋"很正常，被人在意本来是好事情，但KIKI觉得这样的关系让她好累："我以前很怕一个人，害怕在集体中落单，可是现在忽然发现，如果融入一个集体却再也出不来，那种感觉更加可怕。”

KIKI困惑地问我，究竟是应该逃离出来做自己想做的，还是应该和她们一起常规地生活下去呢？

我们常常被教育：要和周围人搞好关系，要合群，选择大家选择的就没错。可是如果有一天，我们想去别的队伍看看，你是否有勇气大声说出你的决定？你是否敢于从现有的队伍中走出来？

很多人其实根本不知道自己喜欢什么，所以觉得跟着别人走准没错。当他们尝试的东西越来越多后，开始真正地意识到自己的兴趣所在，于是渴望改变，渴望新的尝试，却陷在某种习惯状态中无法抽身。

这些人害怕的不是挑战自己，而是周围人的态度，他们不敢面对“你竟然和我们不一样了，你太不合群了”的指责。

殊不知，你开始举棋不定的时候，恰恰也是一些人开始慌张的时候，因为他们意识到这个稳定的状态好像要瓦解了。本来大家都是差不多的，你的改变让彼此之间忽然有了落差，有了不同的状态，他们很害怕，于是否定你的改变。

真正关心你的朋友，欣喜于你的改变；真正适合你的圈子，能理解你的“独处”。

其实你不是不合群，只是没有遇见对的群，或者说，你和周围人的关系还有待磨合，没有达到合适的状态。

给彼此的生活留些缝隙，我们会活得更加舒服。

最开始，我们追寻的是一种认同感，后来，当我们的安全感得到满足之后，反而开始期待一种个性。

很多人苦苦纠结，处理不好两者之间的关系。

世界上没有谁有义务一定要去等谁、陪伴谁，我们都有自己的事情要做。如果你恰好拥有愿意陪你的朋友，应该感谢，而不是觉得理所应当。

朋友，并不是陪伴的理由。

对自己自私一点，对他人宽容一些。保持独立思考的能力，不随波逐流，同时给予别人必要的关心，尊重对方的选择。保持必要的付出，为了相似的目标而努力，才能维持在一个频率。

一直以来我们都把合群与独处这两种人际交往的状态极端化，好像非黑即白，非此即彼；更有甚者，为孤独冠以“光荣”的含义，仿佛合群就是一群无力无梦之人的选择。

合群和独处，都是一种暂时的选择，而不是绝对的规则，你没必要急于回归阵营。合群又独处，是最舒服的。一个人待着的时候，不需要和任何人解释，但是与一群人在一起的时候，就不得不有所退让和互动。真正合适的圈子是足够包容的，能够接受各自的不同和选择，大家的友谊建立在相互补充和理解的基础上，而不仅仅是看起来一致。

不要让友谊“绑架”了我们，亲密又保持一定的距离，这样很好。

你已经到了可以重塑自己的年纪

///

朋友送了我一本书，她在扉页上抄写书中的一句话：“当你全心全意梦想着什么的时候，整个宇宙都会协同起来，助你实现自己的心愿。”

深有所感。

这个世界上存在很多不可思议，不过奇迹并不常常发生，不然就太没劲了。梦想实现的前提是，你想去做，无关强迫，无关刻意，甚至要带着点虔诚，真真实实地出自内心。

在过去的很长一段时间里，我对自己感到失望，因为一直以来活得太“乖”了，就像《七月与安生》里的七月，站在学校各种社团的招新海报前，忽然变得无所适从：“我忽然发现，自己是个很没趣的人。”

初中的时候，每日学校和家两点一线，没有太多课余活动，没有太多兴趣爱好。同班同学叫我去露营，我觉得时间太晚就拒绝；大家叫我去吃饭，我觉得人多太吵也拒绝；有男同学偷偷塞情书给我，我面无表情地撕个粉碎；听到别人讲笑话我会笑得很开心，轮到我讲笑话的时候，空气都变得冷起来。

学校里常常有文艺演出，每次看到那些弹唱的同学专注的身影，手指灵活地在弦上翻飞，我除了陶醉，还会止不住地羡慕。我曾经在半夜哭着问妈妈，为什么小时候不让我学一门乐器，这样我现在就可以多一项技能了。妈妈说：“你那时候上课已经很累了。”我无言以对。

我爸是英语翻译，按理说我应该耳濡目染，得到真传。但在我的记忆中，爸爸很少和我说英文，有时他工作太忙，我几乎一天都见不到他的面，需要家长签字的作业，我临睡前放在桌上，第二天早上起来，字签好了，人依然看不见。

小学六年级时的一堂英文课，老师让我们即兴用英文说一下自己周末做了什么。我眼神飘忽，低着头，却还是倒霉地被点了名。我支支吾吾了半天，头脑一片空白，站了几分钟，最后结结巴巴地只挤出了一句话。老师的一句“你下去吧”，让我的自尊心粉碎。

很长一段时间里，我把自己的无趣、没有出众的技能，怪罪到我的家庭上，埋怨父母没有为我的人生安排翔实的计划，就让我自顾自地生长，一不小心就长到这么大。

现在的我好像不是这样子的，至少别人是这样说的。每当听到有人评价“和你在一起好有趣”或者“你好厉害”的时候，我会感动，在内心偷笑，也会想起厚着脸皮跑到桂林中心广场的英语角和那些带着各种口音的外国人结结巴巴聊天的日子。

我慢慢从过去的自己脱离出来，如今这些光泽与风采，都是自己帮自己打磨上色的。

很多东西，先决条件很重要，但是更重要的是后天自己给自己创造的条件。你现在的样子，很大程度上，是过去的自己塑造出来的。

前段时间看到一个观点：“你要学会为自己的未来花点钱。”在你能够赚钱的基础上，每个月抽出5%用于投资你的未来，虽然看起来没有多少钱，但你永远都预料不到，那点投入能给你带来多大的回报。

对于那些年轻的学生来说，每个月若只能剩下100块，该怎么投资自己的未来？举几个例子吧：

如果你觉得自己在审美上有欠缺，不管怎么打扮还是很土，那么就每月订阅几本服装杂志，学习一下常规配色和服装搭配，学习一下化妆和基本礼仪。一年下来，至少会让你在买衣服这件事上少走很多弯路，在外貌上焕然一新。

如果你觉得自己头脑很空，出口无章，那就去给自己办一张借书卡或者每个月给自己买几本书，认真阅读，仔细分析并有文字产出，积极与人分享所得。一年下来，你的眼界会比之前宽广不少。

如果你想学一些实用的技术或者技能，网上有很多开放资源，很多免费的学习网站，比如MOOC，比如网易公开课；或者买一些付费的课程，有的甚至可以为你颁发证书。一年下来，当你再做起PPT或者H5，会厉害很多。

如果你想提高自己的英文口语水平，丰富词汇量，那就在网上买几本带光盘的英文杂志，跟着原文朗读，并且搞懂词句的意思。一年下来，你至少在发音语调上会有很大进步。

如果说在十几岁之前，我们是什么样的人很大程度上受着家庭的影响，那么在这之后，能决定我们变成什么样的那个人，是我们自己。

有的人攒了很久的钱，就为了买一把死贵的吉他，每天拼命地练习。别人说你干吗买那么贵的，就你这样还想做文艺青年？等到他站上舞台，展现一场完美表演的那天，那些质疑的人都会闭嘴的。

我特别喜欢的财经作家吴晓波老师在一封写给女儿的信里写：

“喜欢，是一切付出的前提。只有真心地喜欢了，你才会去投入，才不会抱怨这些投入，无论是时间、精力还是感情。

“在这个世界上，不是每个国家、每个时代、每个家庭的年轻人都有权利去追求自己所喜欢的未来。所以，如果你侥幸可以，请千万不要错过。”

高三的时候，我因为做电台的事情和爸爸吵过一架。他觉得我就是小打小闹，而此刻没有什么比高考更重要。现在，我照样做着我喜欢的电台节目，爸爸会准时收听我的节目。

他感慨：“我从没想到我的女儿会成为这样的人。”

我笑，暗想我会比你期待的活得更好。因为我开始按自己的方式活了。

常常有人提到蔡康永的那段话：

15岁觉得学游泳难，放弃学游泳，到了18岁遇到一个你喜欢的人约你去游泳，你只好说“我不会耶”。18岁觉得学英文很难，放弃学英文，28岁出现了一个很棒但要会英文的工作，你只好说“我不会耶”。

人生前期越嫌麻烦，越懒得学，后来就越可能错过让你心动的人和事，错过喜欢的风景。

天赋这件事情，本身就因人而异，从不会有绝对的公平，出身贫穷或富贵，也都不是我们可以选择的。可是每个人都有平等的追求梦想的权利，也有二十多岁为自己创造条件改变现状的机会。真心想做一件事情的时候，再大的困难也可以克服，不想做一件事情的时候，再小的阻碍也成为了理由。

不要光顾着羡慕，却无动于衷。

高中的时候，常常对未来满怀憧憬，毕业留言册里也爱写“愿你成为想成为的人”之类矫情又鸡汤的话。

那时只是简单说说而已，如今已经到了一个可以重新塑造自己的年纪，和过去说再见的年纪。我们的内心都有一个展翅欲飞的自己，需要你打破这副躯壳，他才能自由翩跹。

要记得，成为想成为的人，不要只是说说而已。

你已经到了一个可以重新塑造自己的年纪，
和过去说再见的年纪。

忽然努力起来，你感到很累吧

///

我很害怕跑800米，但它是学校每年体育测试里避不开的项目。因为爆发力比较好，所以那些瞬间或者短时间里就能完成的项目，比如跳远、坐位体前屈、掷实心球等让我倍感轻松。可当体育老师带着我们浩浩荡荡地来到跑道，我会止不住腿软。

十几个女生密密麻麻挤在起跑线上，像停在电线上的麻雀，叽叽喳喳。老师一打手势，一个个都闭上了嘴，表情严肃地跑起来，不再相互搭理。我自知跑不到最前面，也从不逞强，放慢速度保持在队伍末尾，只求不掉队，及格就万岁。

长跑如此煎熬，我只好把注意力转移到其他事情上，于是开始观察我前面的队伍，发现了一些有趣的现象。

所有人同时出发，并无先天优劣之分。有的人一开始就遥遥领先，并且稳步保持，这些都是一直坚持长跑的运动达人。有的人特有自知之明，知道跑不快，索性采用“小跑＋散步”的战术，不争不抢，没有实力，大不了重考。还有一些人处于中间部分，却采用了不同的战术，或者说是不同的精神态度：一些人好像不紧不慢地跟着，虽然不快，却匀速前进，不知不觉反而渐渐领先了；另外一些人一开始就全力以赴，誓要争先，领先大半圈之后体力不支，渐渐落后。

这才发现，有时候“先发制人”，用力过猛，不一定会赢。

有天晚上我和学妹徙南聊天，她是我学校电台节目的媒体宣传，也是我遇见过的女生里比较特别的一个——抽烟，熬夜，交过很多男朋友，不想去上课，总是沉浸在自己的世界里。她的字写得很好，下笔凛冽而有力，长相却是个软妹模样，卷卷的头发，笑起来甜甜的。

我很喜欢她，老师说她“作风不主流”，我倒觉得她比我活得尽兴。

晚上凉风习习，徙南说：“维安，我打算好好学习了。我觉得我需要做出一些改变。”

我大笑，笑得她脸都红了。

她说，这学期学校有个精英班，她特别想去。

“精英这种东西都是噱头，还能教出来？”

“我不是为了名字去的，我觉得，在那里接触到的老师可能会好一点。”

听她这么认真，我略微有些惊讶，又对她充满信心。这姑娘虽然做事有点迷糊，平时看起来什么都不在意，但要是认定一件事情，是不会敷衍和松懈的。

她说，浑浑噩噩过了大一，忽然发现自己落下了好多，想要开始努力了。我相信她是真心的，问她："那你现在要做些什么呢？"

"看书，看专业课的电影，去健身，还有其他工作。总之事情很多。"

她很怕赶不上，我说："你不要急，慢慢来，反而会比较快。"

很多人会在某一天幡然醒悟，觉得自己之前虚度时光是天大的错误，于是大动干戈，以一种英雄的姿态努力，却常常"用力过猛"——目光太狭隘，心气太高，操之过急，把生命中的一个小短期当作了全部时光来过。久而久之精疲力竭，信心熄灭，努力过而无果，比从未努力过更加难受。

下决心的时候是真的，可后来坚持不住的无奈也不是假的。

忽然努力起来，你一定感到很累吧？甚至有深深的挫败感。落下的太多，想要用半年的时间赶上别人一年完成的成绩，想要用两个月完成一个学期的任务清单，想要用最快的速度赶上甚至超过那些远在前面的人。

你很焦虑！

不可否认，越努力的时候，期待越多，急于看到成果，觉得自己已经孤注一掷了，为什么还没有柳暗花明。那是一种“精神缺氧”的状态，前路漫漫，自己仿佛在一片大雾之中，找不到出路。

之前“死撑”这个概念好像很火。我想了很久，死撑到底是什么？大一那时候的状态算不算死撑？算。大二和大三的自己还要不要死撑下去？不要。为什么？因为死撑让自己很累——心累，累到失去了信心，失去了对生活的热情。

“死撑”是还没有找到让自己舒服的生活和学习节奏，却一直告诉自己“我不能倒下”；是一种朴素的机械式的努力精神，却不是值得提倡的科学进步方法。

常常自嘲“一年更比一年忙”的我，晕晕乎乎地登上大三的舞台，当我做好了要“死撑”的准备，忽然发现，我的大三生活竟然出乎意料的闲，上午课程结束，还能和节目组去市中心吃个午饭、喝个下午茶，开开玩笑，再回来继续写稿子。

这样的生活忙里偷闲，也自得其乐，并且效率更高。

有时候我也会觉得自己似乎没有之前努力了，后来想想，这份偶尔的“悠闲”好像正是大一大二时求之不得的。现在学会了把生活进行筛选，列好每日的任务清单，因此得以有策略地活着，不让自己为了努力而努力，为了坚持而坚持。把生活细化到每天，养成习惯之后，一边开心地享受大学生活，一边慢慢实现自己的小目标。

不匆忙，就会从容一点，从容可以带来细致，而细致常常出精品。

我爸以前常常在我因一些小成绩开心地手舞足蹈时，告诉我一句朴素的道理：“谁笑到最后，谁笑得最好。”“死撑”是一种令人佩服的精神，但终究也是莽撞，不是智取。“努力”是一件需要战术的事情。

只要最后笑得好，过程中哭过几次，我也就不在乎了。

这些都是小事，自己决定就好

///

自打考研结束，学校图书馆里的LED大屏幕上就发了通知：新一轮考研自习室座位开始报名。偶然路过办公室，发现门口排了长长的队伍，看来刚熄灯不久的考研自习室又要准备下一轮的灯火通明了。

前些天在准备新闻采写课期末作业，我选的主题就是考研，借机采访了几个考研结束的学长学姐，听他们说了很多与考研有关或者无关的事情，然后打算写这篇文章。

我不是想给大家打一剂勇往直前的鸡血，只是人在大三，前途未明，周围的人提到“考研”，呈现出来的态度是截然不同的，或许是因为舍不得校园生活，或许是因为爸妈或自己认定了“学历高能找到好工作”，或许是真的对知识、对专业有探寻的热情，或许是为自己的工作寻找一块好的跳板。

选择与否，都是小事，自己决定就好。

我大一时认识了一位大三的学姐，她是某个社团的社长。我们基本没怎么聊过天，只是见到了会简单地打个招呼。印象中这个学姐并不是一个特别引人注目的女孩子，气质简单干净，干净到在人群里你可能认不出来。

我是看到她发了一条上海交大开学典礼的朋友圈才知道她考了研，照片里她笑得像个大一新生般灿烂，但是比新生多了些笃定和自信。

我问她考研难吗，她说还好，当时只是想试一试，虽然备考的日子真的很辛苦，现在回想起来，那段时间，会让人变得自信和有魅力。

我以前很羡慕她读了自己喜欢的学校，后来我发现，她身上那些吸引我的特质，不是学校赋予她的，而是她在争取的过程中自己为自己带来的。

考研，工作，或者其他，其实不管选哪个，都是一个自我把控的过程，在这个过程中渐渐学会为自己的决定负责。

我在武汉的楚河汉街做过一次线下交流，与乔八月有一面之缘。

那天下午我们碰面，彼此像是老朋友，坐在星巴克二楼的某个角落聊了将近两个小时。她喝了两杯美式咖啡（如果我没记错的话），把自己的心事说给我这个陌生的熟人听。

她说自己想学摄影、学设计，想去日本，想继续画油画，但是家里可能会让她考研，因为学历高能找到好工作。

她和我说了很多可能从未和别人说过的隐秘梦想，眼睛里有光。

这个干净斯文的短发女孩子，腼腆又真诚，有两个字被她反复提到：缘分。

她觉得我们这样匆匆遇见实在不易，缘分真是太不可思议。

人与人之间如此，人与事物也是这样，我们难得与喜欢的事情有了缘分，何不珍惜？

人要是对自己想要的东西知道得明明白白，眼里就再放不下其他备选项。生命中的很多大事其实都是小事情，你觉得纠结，觉得不知所措，是因为你没有想好自己要什么。

一个刚刚考完研的学姐告诉我说，有句考研名句鸡汤叫作“考研就是自己战胜自己的过程”。大学四年散漫惯了，很多人已经很难再回到每天集中注意力埋头书本的状态，而且这种知识的归纳又和碎片化积累不一样，需要自成体系消化吸收。所以备考的这几个月是她在大学四年感觉最充实的日子。

朋友西瓜已经下定决心考外国文学专业研究生。和很多立誓明志早出晚归焦虑担忧的人不同，她每天读外国文学作品自得其乐，不紧不慢。西瓜说考研是深思熟虑后的决定，是因为喜欢文学，想要借此了解一些东西；除此之外，她想通过考研这件事情找到更多能和自己同行的人，认识更多自己感兴趣的领域里的“大神”或者有趣有才华的人，弥补自己在大学时期学习上的不足，尝试更多的机会，不断充实、丰富自己。

就像是一个陷入恋爱的人，爱悦于倾慕对象的一切，有那种刨根问底的探索之心。

关于考研，有人作过一个很简单的比喻。

你在三月的时候看中了一件很美但是很贵的裙子，摸摸口袋里的钱，只够标价的十分之一。试穿上它的你真的很漂亮，但它暂时还不属于你，你渴望买下它，于是开始给自己定下目标——赚够标价上的数字。

店员告诉你裙子六月份就会下架，你明白自己只有三个月的时间。

可能在五月的最后几天，你打工赚来的钱存够了，剩下的十分之九被补齐，你满心欢喜地把裙子买下来，穿上，觉得自己好棒好美，快乐到忘记了自己曾经拼死拼活狼狈赚钱的日子。

也可能在你赚够钱的时候，裙子已经下架了，你没有穿上它，很失望，觉得自己的努力都白费了。但你走出商店时摸了摸自己的口袋，发现里面有了比原来多很多的钱。虽然之前看上的裙子不再有，但这些钱却够买另外一条裙子，而且并不比之前那条差。

穿上新裙子，你觉得自己好美。

但是你的美不光是来自裙子本身，而是你本来没资格穿它，现在有资格了。

我们终其一生追求的，并不是一个确切的具体的东西，不是一个数额、一纸证书，它们都只是方式，是手段。

无论工作、考研还是其他，都是我们去选择它，而不是让它决定我们的未来如何。

考研与否，考得上与否，都不过是一个逐步了解自己的过程，让我们开始学会选择和承担，变得自信而饱满，变得更专注、更丰富。

不要让一场考试变成了一个非黑即白的判定，你活在里面很廉价也很累。

看吴晓波老师的散文集，其中有一篇叫《自由与理想》：

“在我们这个国家，最昂贵的物品是自由与理想。它们都是具体的，都是不可以被出卖的，而自由与理想，也不可以被互相出卖。”

读到这段话的时候是一个晴冷的早晨，我在图书馆的走廊一边吃着快凉掉的三明治一边看书。抬头的时候阳光正好，我觉得自己被这样明亮的光穿透，浑身有用不完的力气和梦想。

这个社会上的某些行业或者公司，可能会因为你的学历不够而拒绝你。

但这个时代不会拒绝一个朝气蓬勃、敢想敢做的青年人，和他永不止息的梦想。

我今年二十出头，觉得自己忙、茫、盲

///

读过王小波《黄金时代》的人大概会知道这么一段话：

“那一天我二十一岁，在我一生的黄金时代。我有好多奢望。我想爱，想吃，还想在一瞬间变成天上半明半暗的云。后来我才知道，生活就是个缓慢受锤的过程，人一天天老下去，奢望也一天天消失，最后变得像挨了锤的牛一样。可是我过二十一岁生日时没有预见到这一点。我觉得自己会永远生猛下去，什么也锤不了我。”

上次阅读到它的时候，距离我的二十一岁还有68个日夜，一阵无力感涌上心头。可能我并没有王小波那般饱满丰沛的青春感受，并不觉得自己生猛无比，也没有觉得浑身有使不完的劲儿，对变成天上的云没什么兴趣，身边也没有恋人，只剩下吃可以勉强解救我。

人人都把二十出头讲得那般美好，我满怀期待赶路而来，只为看一眼鲜花遍地，朝霞漫天，却有些失望。这样的生活，和我之前想的不太一样啊。二十出头的年岁，竟是如此尴尬的境地：要自由，没有完全的自由；要梦想，现实却拖住脚踝；要爱情，喜欢的人却不喜欢自己；要刺激，却开始有了顾虑。

二十多岁的人初次直面现实，变得有些小气起来，对于勇气也斤斤计较了，怕挥霍多了收不回来。不敢再那么天马行空，至少要先伸一只脚来探探路。

不敢把未来想得太小，心有不甘。

不敢把未来想得太大，怕有失望。

那天和一群年纪相仿的学长学姐讨论问题，说到“做回自己”这个话题。一群人在滔滔不绝了半天后，忽然意识到一件很可怕的事情：我们其实都不知道真正的自己应该是什么样的，更别说如何“做回自己”了。

就像靶子有了，却没有红心，无论怎么扎都得不到十分；表盘有了，却没有刻度，无论怎么转都调不准时间。这才发现，我们喊了很多年的口号，沉浸在那种自以为是的酣畅淋漓中，高举“不愿向任何人妥协”的旗帜，最后确实没妥协于谁，但也根本不了解自己。

我曾做过一期话题征集，让大家用三个词概括一下自己近来的生活状态，没想到大部分留言都充满负能量，我总结成三个字：“忙”“盲”“茫”。

学校告诉我们要做三好学生，我们却不小心失足成了“三máng”

青年。

这三个字，概括了当下很多与我同龄的年轻人的生活状态。

每天很忙碌，忙着看各种各样的书，参加各种各样的活动，忙着交朋友，又忙着要独处做自己的事情。其实大家也不知道自己为什么这么忙，大概是想和其他人不一样吧，至于喜欢什么，想要什么，其实也说不清楚，但一想到落后于人就不甘心。

大部分时间很迷茫，明明已经有一大堆事情要做了，却还是在心里念叨着对于未来种种可能的担忧，不知道何去何从，前路在哪儿。

偶尔很盲目，看到别人在做什么自己就跟着去做，没有考虑好这件事情是否真的对自己那么有意义，只是盲目地做决定、下判断。

这样的状态其实人人都可能经历，不知道该向谁问责。有些人把这些不幸福归咎于自己想要的和外界所给的不匹配：比如读着不喜欢的专业，做着不满意的工作，想要的很多，能做成的很少。

我觉得教育的矛盾之处在于，我们都是先选择，后体验——在最开始的时候我们并不知道自己喜欢什么，却要用大学四年甚至更长的岁月去为十八岁的决定负责。

二十岁左右的年纪，明明没有什么需要担心的啊，满脸的胶原蛋白，生活费都来自父母，更没有房贷车贷的压力，用不着考虑养老和育儿。

我们的外在负担很轻，心理负担却很重。

我亲身经历过一种恶性循环：因为看到别人很优秀，自己也想要优秀，于是做了很多事情，并且想把每一件都做好；可总有一些事不会如愿，于是就往自己身上积压了更多的包袱来弥补没做好的那些事。这样下去，身体越来越累，心却越来越没有安全感。压在身上的任务越来越多，能完成得好的却越来越少。

那段时间，心力交瘁，我开始问自己造成这一切的原因是什么。

我一直在怀疑自己的能力，计算着如何让这已经酸疼的肩膀承受更多的重量，却忘记去思索，我往身上累积的这些包袱，究竟是不是我想要的？

我终于发现我的问题：对于自身定位缺失，与周围人比较过多。

越是忙的时候，越要停下来想想自己是不是为自己而忙；还是因为周围的人太优秀了，他们的存在时刻煽动着我们的焦虑情绪，让我们忙着赶上他们，给自己假想了一种如果不赶上他们，就会被“优秀”拒之门外的可怕后果。

越是茫的时候，越不要东张西望，专注做好手头的事情。迷茫之于青年人，就如同空气之于人类，确确实实逃不掉，离开了反而会不自在甚至死掉。所以我们无须焦虑，只要把脚下的路踏踏实实地走好就行了。

越是盲的时候，越不要快速做决定。不要因看到其他人的努力而自乱阵脚，脑子一热就往别人的主场扑，去了才发现自己并不适合。

我想说的是，你所处的那种“心理困境”，其实适用于每一个和你年纪差不多的人，只不过有的人很早就懂得如何掩饰那种不安和焦虑，把自己包装得从容又不迫。

有一天你会发现，那些让你心力交瘁的事情，诸如竞选失败、奖学金没评上、喜欢的人不喜欢你，都不是什么大事。你之所以很难过，是因为你目前只看到这么多东西而已。然而生活的进度条是没有暂停键的，更没有快进和后退，你只能踩着节奏向前，等到一年之后，五年之后，十年之后，这些当下看起来天大的事情会随着时间的增长渐渐缩小为一个点，小到你再也想不起来了。

大三的时候，“为你读英语美文”节目组的老大永清拿出去年我做的那期“双11”特别节目，他说：“这期节目发布了刚好一年，那个时候，你只是说自己开始试着写一些影评和文章，还没有做公众号，刚刚加入电台，是个对一切充满新鲜感的小姑娘。这一年来，你成长了很多。”

可能自己并没有意识到，自己一直在选择的那条看起来很难的路上摸爬滚打，走啊跑啊，哪怕哭着也不能停下来，不知什么时候，自己竟已经跑出了那些时光里的迷茫和盲目，也脱离了曾经的忙碌。

迎接我的，此刻的以及未来的每一天，“忙”“茫”“盲”这三种状态可能依然会交织着，偶尔出现，让我猝不及防。

但是，我知道不能再哭了啊，内心疯狂拔节生长的时候是会有点疼的，习惯就好了。

/
/
/

这些当下看起来天大的事情，
会随着时间的增长，渐渐缩小为一个点，
小到你再也想不起来了。

在这个不公平的世界，你要输得起

///

记得去年迎接新生的时候，朋友边翻着学生手册边开玩笑：“对大一新生最有用的忠告就是告诉他们大学里的黑暗面，虽然有点残忍，但是实用啊。”

我笑：“告诉他们没用的，要自己掉进去然后爬出来，才能真的懂了。”

他笑我：“你好残忍。”

大学不是象牙塔，虽然有美好的一面，依然有让你三观破碎、感到绝望和恐惧的一面，不被“虐”几次，不栽几个跟头，不委屈地大哭几次，不配成为大人。

在外地上大一的表妹给我发了长长的微信，这个耿直的小姑娘向来笑嘻嘻的，忽然发来两个大哭的表情，可想而知是受了多大的委屈。

她所在的学校有个重点班，小班教学，资源丰富，不过门槛也高，需要高考英语成绩高于125分，还有其他七七八八的标准，达到要求之后先交表申请，再面试。想成为尖子班学生，可不容易。

表妹有资格申请，平时也积极上进，当然不会放过进重点班的机会。有另一个女生，成绩没达标，英语成绩才一百分出头，却也获得了资格。

标准不是摆在那里了吗？为什么那本来第一关就跨不过的姑娘竟然也得意扬扬地报了名呢？原来她有“贵人相助”——她认识学校里的一个教授，一个电话打过去，不久教授传回消息：“事情已办好。”

最后，那个姑娘如愿以偿，而表妹没有进入重点班。

表妹越想越难过，于是来找我：“我觉得特别不公平，我很嫉妒她，嫉妒她可以轻轻松松得到好资源。我特别不舒服，特别想举报。”要是个性子软的，说不定就忍气吞声了，偏偏表妹是个耿直姑娘，我真怕她像炸开的油锅，烫了人，也伤了自己。

“我心里真不是滋味，明明我比她更努力啊！我从不翘课，认真完成作业，有时间就去自习。可她呢？经常翘课，上课玩手机，回宿舍打游戏。为什么我不能去更好的地方学习？”表妹满腹委屈。

作为大三的“老油条”，我对这类事情也算见怪不怪。一朋友感慨，这样的事情经常发生，可是对于一个大一的学生来说，真的打击挺大的。

想想很悲哀，类似的事情在哪里都有可能发生。

我告诉表妹，调整好心态，不要因为这件事情打乱了自己的步调，放弃努力。没进重点班确实很遗憾，不过上不了小班课，给自己上一堂人生大课，也值了。对于那些自以为尝着甜头的人，其实“惯着”也是一种报复，讨巧得来的东西总有一天要还回去。

后来我经常在朋友圈里看到表妹更新动态，每天背英语单词，分享自己的阅读，偶尔还会写点自己的小感悟。作为姐姐我会很欣慰，因为她已经比很多大一的学生清醒得多了，知道自己的不足之处有很多，就坚持一天一天去弥补；知道时间可贵，就抓紧一切机会。

你的努力，这个世界都看在眼里。最开始吃点亏不要紧，你付出的失去的，最后都会加倍地获得回来。

想想自己大一的时候，比表妹更加玻璃心呢。和奖学金擦肩而过，觉得自己受了莫大的委屈，一直纠结于凭什么！明明是我应该得到的东西，偏偏因为一些事情错失了。

这时我妈会告诉我：“人生目标放远一些。”

后来慢慢发现，在这些事情上追根溯源刨根问底，其实并没有什么意义，胜败乃兵家常事，该认就认，大不了重来。

谁不是那样走过来的呢。

抱怨，只是嘴上一时痛快，如果不付诸行动去改变，不公平的事情，不论过多久，还是不公平。这个世界就是如此，很难用我们一直以来所学的高尚道德为标尺衡量当下所遇到的一切。

我不是让你忍着、认命，只是凭你现在的能力尚改变不了生命现状。兼济不了天下的时候，能做的就是独善其身。

与其让你逞一时之快，我宁愿你受一时的委屈。等你变得更加厉害，就是最好的报复。

进入社会才会发现，其他人很难给你想要的那种包容和温暖，有时候他们还会显得冷漠、功利、不近人情。从小被宠惯的我们不得不承认，自己原来是如此微不足道的个体，那些我们以为如此亲密的"情感"，常常与名利藕断丝连，难得见真心。

黑暗肮脏的东西永远都存在，并且难以调和。与其过多地抱怨世界、抱怨社会，不如留着力气让自己变得更好。

很多时候我们觉得不公平，其实是在埋怨自己没能获得那份"公平"。凡事没有绝对的公平，想要别人公平地对待你，自己先要有与他人"公平"的资本。当你变得越来越强大的时候，会发现这个世界反而变得越来越公平，甚至有时候自己像是被偏爱的那一个。

所以，遇到不公平的事情，保持冷静，仔细衡量一下自己的得失，更重要的是，不要被眼下暂时的不如意蒙蔽了本该望向远方的眼睛。

在这个不公平的世界，你要输得起。

那些输得起的，是能够直面困境，顺应却又不屈服的人，他们能赢。

终其一生，成为迷人而丰富的某某

///

毫不避讳地说，初二时的我曾经想变成班上的一个女同学。

平心而论，她说不上很漂亮，但是很聪明，成绩很好，很喜欢笑，男生们都喜欢和她说话，女生也喜欢和她玩，老师也偏爱她。而我常常是在一旁陪衬的那个。

虽然我们关系还不错，但不知道为什么，一种“她什么都比我好”的感觉还是不断侵袭全身，甚至有些时候，望着她的背影，我会幻想着，如果我和她交换身份该多好。

幻想破灭的时刻说起来其实很荒唐：有次英语考试，我比她高了两分。

当我超过了我幻想中的“榜样”，并没有惊喜于自己的进步，反而有种莫名的失落感——一种习惯性的认知被打破，有些不知所措。

当她黑着脸上讲台去拿那份分数稍低的试卷时，我一直盯着她的背影，往日的那种光环渐渐微弱，我却有些难受：那是我第一次意识到，羡慕这种东西其实是暂时的，榜样的堡垒有可能坍塌。

很多事情都是如此，当那个被我们视为灯塔的人物忽然间不再有指引的作用，不要怀疑是灯光熄灭了，或许是自己已驶过了原先的目的地，不再需要他做向导。

人有时会产生某种羞耻感——羞耻于过去喜欢过的东西、喜欢过的人、喜欢过的事情，觉得他们过时、幼稚，和如今的自己格格不入。其实这很好解释，我们在逐渐成长，使我们能够站在一个更高的层次回顾过去认为足够骄傲的事情。这是一种很值得开心的自我推翻。

我没有具体地想过二十五岁的自己会是什么样子，毕竟变数太多，人们很难预料到以后发生的事情。

对我人生影响很大的Amy老师——我的高中同学读到这儿应该会会心一笑——是我高一时的班主任，也是我高一和高三时的英语老师，她是我所遇到过的最迷人的女人之一。

那时候我们班的前任班主任刚辞职，她接管了我们这群“孤儿”，穿着色彩鲜艳的衬衣风风火火地走进了我们的教室。她不太像个传统的老师，有时宽和通达，甚至会睁一只眼闭一只眼地开班上情侣们的玩笑；有时也很严厉，在我们犯错的时候罚抄单词，甚至是罚钱充班费。外教每次说起她都会做出说悄悄话的模样，笑得意味深长：“Tiger mother.”大家对她的态度分为两派，有的同学很喜欢她，有的同学很讨厌她。而我是她沉默而羞涩的“脑残粉”。

Amy在那一群高中老师中显得那么格格不入。快四十岁的女人却不结婚，是否信奉不婚主义，我们不得而知。不过她的确是个高龄辣妹，身材好到没话说，衣服几乎不重样，高级的背影杀手（至少大家都这样说）。可惜的是年岁渐长，长期的工作压力让她的面容颇有些憔悴。她从不施粉黛，时常在我们早读的时候站在五楼的栏杆前默默看着远方的山和树木，晨风迎面吹起她的长发，也是赏心悦目的。

她或许觉得我们的生活太单薄无趣了，给我们创造了许多瑰丽的想象，给我们带来了很多残酷而潇洒的心灵体验。除了英语之外，她常常给我们讲很多课堂之外的东西：她给我们看她在欧洲旅行的照片，讲起和几个闺密在意大利还是哪里坐在街边咖啡店看高个子的欧洲帅哥，远远瞄见指着人家大叫：“That's it!”全班在这个“花痴”班主任的手舞足蹈中一阵爆笑。

她让全班同学分组去当地福利院看望孤儿，用这样的方式告诉我们，能够健康、快乐、没有压力地坐在这个教室里学习知识，是一件多么奢侈的事情。那也是我第一次踏入孤儿院，才发现这个世界上真的有很多孩子，生来就不是那么幸运的。

让我印象最深的是她对于感情的态度。有次她骑电动车撞上了一辆小汽车，打电话给男朋友，男朋友得知车祸的第一句话是：“车没事吧？”

“我当时的第一个决定就是分手。”她说。

那个时候，大多数女生身心还没有发育完全；女教师们要么刚刚实习结束转正，带着一腔稚嫩热情，要么已经年过半百，颇有外婆风采。她是一个新鲜而锐利的存在，就像一把粉红色的匕首，并不疼痛却深刻地扎进了我的心。让我开始想象一个并不遥远却一直混沌的问题：我要成为一个怎样的女人？

在很长一段时间里，我想要成为Amy那样的女人。

在我踏过更多的土地，接触过更多的人之后，我发觉自己其实终究不会成为Amy那样的女人，纵使人在年少的时候，特别是身处封闭环境却渴望与外界交手的年纪，那个给他带来新鲜信息的人往往会对其产生深刻的影响。

一个人成长的标志不在于一个确切的数字，不在于他终其一生成为了少年时榜样的样子，而在于他开始思考一个问题：我要成为一个怎样的人，我要与这个世界发生怎样的关系，我要以何种方式度过自己的一生。

就像褪去一枚果子的皮和肉瓤，敲击一下坚硬的内核，想象一下这颗种子要在何时投入泥土，何时攫取养分，何时发芽，何时钻破土壤。

你想成为的那个人，不是某个人的影子，而是脱离了具体形象，卸去光环之后，基于自身状态的考虑。

我为自己拟定了一个方向：终其一生，成为迷人而丰富的某某。

“迷人”是一个很有意思的概念。我这个人不会吝啬对他人的赞美，可是在夸女孩子的时候或许用词会有些差别。个人觉得“好看”不如“漂亮”，“漂亮”不如“美”；而“迷人”是我评价女人的最高级词汇。

然而这个词已经被滥用了，正如满大街都是“男神”“女神”一样，有些词用得多了就开始有了廉价而随意的意味。每次看到一些夺人眼球的文章标题，比如“怎样才能让男人迷上你”“男人着迷的女人都有哪些特质”，都颇感无奈。靠手段和心机所产生的吸引只是一种低级的形态；真正的吸引是无意识的，是自然而然的，甚至是无法解释的，就带着神圣的意味。

一个人的魅力可不是简单地获得了异性的爱慕，还包含同性的好感、陌生人的善意乃至世间万物的恩泽。

所以我认为，“迷人”的高级形态或许不是指对个体的征服，而是一种“让世界为你展开”的状态，有点像游戏里“开挂”的状态。

如今似乎是一个“看脸”的时代，就连外婆都告诉我未来老公要找一个长得帅的。但这并不表示这是一个肤浅的时代。“好看的脸”可以是一个人“丰富”的一部分，但一个光有美丽包装的人注定是无趣的，如同一张精致的书皮，除了摆放，一无是处；而且随着时间的流逝，这份美是会磨损的，并且有被替换的可能性。

“丰富”更多是指内在。

而内在的东西就含义甚广了，比如学识、涵养、审美情趣、处事能力，等等。因为这些东西的存在，人生这本书才会厚实，有阅读的价值。

同时丰富自己的外在和内在，把自己活成一本可供阅读的书，从外在的装帧到内在的文字，思路清晰，有血有肉。感性和理性并存，让人有翻开的冲动，并且愿意长久地阅读下去，这比单纯成为一个“成功”的人更具有成就感。

“某某”意味着不做一个被固定为具体状态的人。

有次回宿舍，在楼梯间忽然被一个女孩子叫住，是个陌生的学妹，她和我说的第一句话是个问句。

“你是‘维安记’里的维安吗？”

“……我……是的。”被人认出来，我有些惊讶。

原来她偶然关注了我的公众号，看到了介绍中的照片，因此认出了我。这件事情其实并不是我想要的结果，毕竟“维安”只是我的某一个身份，并不是我的全部，我不该让“她”完全代替我的生活。

越是长大越耻于活成某种“典型”。

这个时代需要人为地给自己贴上标签，以求不会被轻易淹没在大众视野里，也有了可供消遣的噱头。但人应该是有很多面的，就像钻石被切割成58个面而光芒璀璨，人的可能性远远多过某个具体数字。

这世界上有一种非世俗意义上的成功——找到更多隐藏在为人熟知的形象和状态背后的不为人知的自我。支撑我们入世，享受社会生活的，是那为人熟知的一部分；而剩下的那部分寂静的美好，则是我们存在的理由。

终其一生，
活成迷人而丰富的某某。

///

你不说太多，却始终和我并肩前行，
如果你实在走不动了，我也给你离开的自由。

我　们　短　暂　分　离，

/
/
/

长久惦记。

/
/
/

祝你，
恋人不换太多，早遇到一生所爱。
少遇几个人渣，在爱情里平坦快活。

我们的年轻
·
柔软而硬气

贰 Part 2

没遇见喜欢的人，就先遇见喜欢的事情吧

承诺总易过期，不如我陪着你

///

高中英语课，老师告诉过我们一个阅读答题技巧，如何判断题干正误进而排除错误答案：一般情况下，出现“must”“only”等态度绝对的修饰词，大多都是错误的。她的解释也很浪漫：“因为人生中绝对的事情太少了。”

生命中常常充满意外和惊喜，容不下太多铁板钉钉的决定。当然，“排除过于绝对的选项”只是一种考试的策略，不知道在爱情中，这样的决策是否同样适用。

那些爱情中的承诺，大多形式大于内容——气氛恰好，情境所需。当他说出“我会永远爱你”的时候，你知道永远有多远吗？

我见过最美的爱情故事，无关任何言语承诺。

我的外公出身于败落的大户人家，孩提时期玩着金链玉镯长大，青年时期时运不济，辗转流离至桂林，进单位做了个能干的工人，后来遇见外婆，两人结婚。

后来外公因为出身问题入狱。那时外婆带着一双儿女，还怀着我妈妈，别人都劝她：“也不知道他啥时候出得来，你这样等着是什么办法？”外婆什么都没说，就一直等着。生活再艰苦，一家生计都压在这个女人身上，可是她还要等。

终于时局好转，外公从牢中出来，日子也算平静美满。可没过多久，外公就中风了，刚开始只是双脚行动不便，勉强扶着东西在家中踱步，后来双手也不再灵活，只能坐在轮椅上，一日三餐都靠外婆照料。所以在我的印象中，外公和外婆常常有固定的位置：一个永远坐在客厅的沙发上，一个永远忙碌在厨房里。外公中风那些年，是外婆最辛劳的日子，她照料他的饮食起居，有时候外公还发脾气，气得她直哭，哭着抱怨他几句，还是帮他把嘴边的饭擦干净。外公曾被送到养老院，外婆止不住想念，觉得他在那里受了苦，又求着舅舅把他接回来。

后来外公走了，外婆每天还是很早就自然醒来。她不用伺候谁了，反而变得很难过。

她常常一个人坐在那张和外公共同睡了许多年的床上，喃喃自语着：“老头子啊……”我起初以为她是在记什么东西，后来才发现她是自顾自地和外公对话，依然是唠唠叨叨着生活的小事，蔬果食粮，家长里短。

之前看《平如美棠》的时候很动容，里面有一句话："我们一生坎坷，到了暮年才有一个安定的居所，但是老病相催，我们已经到了生命的尽头。"我们外公外婆那辈人其实比我们浪漫多了，他们含蓄矜持，不轻易把爱挂在嘴上。他们可能习惯了彼此埋怨，拌嘴吵架，却在年岁渐高的时候，偷偷担忧起悠长岁月，生怕不能共白头。

我从来没有听他们说过"爱"，但他们用那个年代独有的方式爱了很多年。

很喜欢科学家史蒂芬•霍金的传记电影《万物理论》，影片更侧重于霍金与妻子的感情故事。电影的末尾，霍金的简对他说出了一句："I loved you, I did my best."英文中的时态在此刻直观而残酷地表明了一个让人难以接受的事实：我曾爱过你，全力以赴。

多年前，二十一岁的霍金被查出患上会使四肢麻痹的卢伽雷氏症时，简比周围人要平静得多，她是坚持要和霍金结婚的那一个。多年后，饱受生活折磨的简，再也扛不下去了，她是选择放弃的那一个。

初识的那个夜晚，在星光灯火下拥吻的两个人，一定预见不了这样无能为力的未来。

承诺这种东西很美，美的地方在于真诚的"当下"，那份爱有"时效性"，是变化的、流动的，承诺不意味着永远。比承诺更美的是，你不说太多，却始终和我并肩前行，如果你实在走不动了，我也给你离开的自由。

关于未来，我大概不能给你最确定的答案，因为越是长大，越感到自己之于生活是难以自控的，时常被周遭环境卷入洪流。我的每一句“我爱你”都出自真心，但是它只是属于那一个瞬间的想法。每一句“爱”一出口，话音刚落方成过去。

在《从你的全世界路过》里，小荣对陈末说：“你知道女人想要的是什么吗？”或许她要的不是钱，不是蜜语甜言，不是你告诉她：“放心吧，我会永远爱你、宠你，不会变心。”

一个女孩最怕的，莫过于死守着一句空洞的情话，却在对方身上看不到希望。她攒够了失望，就会离开。

已经过了耳听爱情的年纪，感情不再是说说而已。不再轻易许下感情的承诺，不再轻易为了一些小事情闹脾气，也不再盲目地相信彼此交换的真心。很喜欢这种感情观：我做好了和你一辈子的打算，也做好了你随时离开的准备，深情而不纠缠。

我希望我们爱着彼此，也给彼此自由。你可以随时走，我也有离开的权利。如果我们仍然停留在彼此身边，一定是出于爱情本身，而不是为了履行曾经一时冲动许下的诺言。这样我们可以省下很多力气，编织自己，也为你编织扎扎实实的未来。

爱一个人，不要给他过多的承诺，因为如果你不能保证实现诺言，这些承诺都会成为束缚自己的枷锁，成为对方止不了渴的梅，充不了饥的饼。

爱一个人，也不要总要求对方许下什么承诺，不要总把希望寄托在一句话上。你缺失的是安全感，口头上的东西，只能受用一时，自欺欺人而已。

“承诺”的保质期限太短，唯行动可以延长保鲜。说一万句“我爱你”以示真心，不如让我在通向未来的那条路上，看到你努力而认真的身影。

而我，亦陪着你向前。

总有一个人，给你巴掌又给糖

///

每个人的青春里好像都有一个帮忙出谋划策的好兄弟或者好闺密。大多数时候他们并没派上什么实际用途，因为决定还是自己做的，勇气还是自己鼓的，表白还是自己开口的。

但是如果没了那些人，十七八岁的年纪，就像看起来鼓鼓囊囊的口袋，原以为装满了大钞，其实掏出来一把毛票，不免让人有些失望。

你以前是否当过谁的“情感咨询师”呢？在那个不相上下的青涩年纪，大都自以为已成熟得可以为世间男女排忧解难，仿佛在红尘俗世走了一遭又一遭的观世音菩萨，指点江山般地告诉那个为心上人烦恼的男孩子或者女孩子：“他是你的命。”

这些看起来像小大人的男生女生们，严肃而认真地“过家家”，一群好友相互颁布“神谕”，围绕着那些小秘密和小心思展开一场普度众生般的救赎。

在十七八岁的时候，我就做过月老和观世音，热心地为一个苦于暗恋的男生排忧解难。

我们高一时是同班同学，又住一个小区，他脸皮厚，经常来我家蹭电视看球赛或者蹭个饭，有时也蹭我们家车一起去学校。一来二去我们熟络起来。那男生不说话的时候样子清清秀秀讨人喜欢，五句话以内还让人觉得他表达能力不错，可如果他再多说几句，一般人都会有点烦了。

同学们都习惯了，提到他的时候，大家都觉得整个世界被加上了一层浮夸的滤镜，空气中充满了嫌弃的味道。他还自我感觉挺好，经常自比吴彦祖。甚至现在，每次给我打电话，他总是会说："我那么帅，你有没有想我？"

因为太熟，彼此之间也没有那么多的顾忌，说起话来夹着半真半假的调侃和讽刺。

明明他身上全是让人讨厌的特质——自我感觉良好，做事不着调，浮夸，可是我却无法讨厌他。原因无他，只因我亲耳听他哭过，一个大男生，哭得我一个姑娘家的心都软了，自己瞬间变成了要保护他的巨人。

他喜欢我们班一个姑娘，苦苦追求，天天创造机会和人家套近乎，可惜那个姑娘不吃这油腻腻的一套，根本不搭理他。他表面上还是一副嬉皮笑脸的模样，似乎毫不在意。那时我和他的座位只隔着一个过道，平时和他多说了几句话；恰好我和那姑娘又是好朋友。于是就在某个周末的晚上，我接到了他的电话。他像是一只被砸了个窟窿的水桶，哗啦啦地把所有情绪通过电话向我倒出来。他说自己有多喜欢她，为她做了什么，可是人家不喜欢他，他觉得伤心绝望人生黑暗……

然后他就哭了起来。

他边哭边说，还不允许我插嘴。于是我只能枕着电话一直听他自言自语，从喜欢的姑娘，说到他看过的弗洛伊德的书，又到什么好吃……我记得挂电话时他讲到了文艺复兴。看看时间，已经是凌晨四点。

因为这一通电话，我用我仅有的耐心，冒着被爸妈怀疑的风险，和他结下了深厚的革命友谊。从此以后，回忆起青春中很多重要的时刻，都有他的印记。

人生中第一次喝酒也是和他一起。那时我心情不快，整个人如同火药，一点就炸。适逢春节假期，我待在房间一个人生闷气，他叫我出去吃饭："你下来，我带你去喝酒。"

那年桂林的冬天出奇的暖，我穿着衬衣和针织薄外套，他只穿了一件薄薄的格子衬衣。我们在市中心吃了饭，然后去超市买酒。他本来想拿啤酒，可能是看到我一脸乖宝宝的气质，后来只拿了两瓶酒精含量低的果酒。

我们坐在解放桥下的石凳子上，一边喝酒，一边看河对岸的人放烟花。

那些彩色的斑点升上天空，爆炸，然后坠落。江面把天空的斑斓也收纳到水里，于是眼之所见都是绮丽的光亮。

他拿着酒瓶碰我的酒瓶。

烟花升上天空的一瞬间太美，不知不觉我的眼睛模糊了，眼前的一切如同发亮的油彩。

“你就不能坚强点吗，哭什么哭。”他一脸嫌弃地看着我。

我几乎没有注意到他在说什么，只觉得一切其实都没那么重要了，只要像烟花一样勇敢地冲上天空，勇敢地把最闪亮的部分展现出来，至于结局，就都别想了。

我对他说“干杯”，然后把一整瓶酒都喝光了。

那是我们如烟花般粉身碎骨又美得不可一世的十七岁。

这些事情已经过去三四年了，有时候提到他我还是会皱起眉头，因为他身上的很多特质的确是我不喜欢的。可每年我都能收到他的礼物。

高二的时候他一个人去上海闯荡，给我带回来一盒矿石标本。

高三时他从武汉坐五个小时的动车回来，给我打包了一碗热干面，送到我手上的时候面都结成一大块了，他硬是逼着我把那一大块面团吃下去。

十七岁生日的时候，他送给我一个说不上是什么东西的精巧挂件；十八岁生日的时候，收到的是一个巨大的龙猫娃娃；十九岁生日的时候，是一个几米“向左走向右走”主题的巨大的音乐盒；还有一次生日，他把我的照片都打印出来，订成一本小册子送给我——虽然全是我最丑的“黑照”，配上他自己创作的自认为是文坛绝唱的诗歌。

他在人前穿得整整齐齐装模作样地耍帅，却总是在我面前活得像个失业的无赖。

我看过他那乱得让人想一把火烧掉的书柜和床，也看过他每天熬夜写程序后满脸疲惫，头发像杂草一样的邋遢模样。

如今我们都长大了，上次去北京见他的时候，他还是一副不可一世的小混混模样，他说：“你快来，我请你吃饭吧。”把我骗过去之后，点了一大桌子菜，然后他说：“大姐，你不应该看在我这么帅的分儿上请我吃一顿吗？”

真想一巴掌呼过去。

我每次拿他哭那件事情嘲笑他，他也只是不屑一顾地笑笑：“垂涎我帅气的美女已经从朝阳排到昌平了。”

“那你小子怎么还没有女朋友？不应该啊。”

他瘫在沙发上抖着腿：“本帅哥这么忙，哪有时间泡妞。”

还是无意中发现，他的手机开锁密码仍然是那姑娘的生日。

有朋友说，他对你这么好，难道不是喜欢吗？

我想，这种感情不能算是爱情，可定义为朋友之情又太轻。三言两语无法概括这种陪伴。有时我觉得我们甚至说不上是好朋友，因为一忙起来几乎把对方忘记了，不联系，也不想念。忽然一个电话打过来，不到三句就开始互相嫌弃，听到他损我，其实我还挺开心的：你应该过得还挺好的，那就够了。

在那个愿意为了爱情和梦想兀自向前奔跑的年岁，有个人总会在我身边毫不留情地说些风凉话包装起来的大道理。

他会在你为了爱情要死要活的时候给你一个耳光，说“你怎么这么傻”；而当你为了一点小事丢盔弃甲的时候，他又会给你一颗糖，告诉你“哭什么，再哭就更丑了”。

那个人把你那些漫无边际的幻想啪啪拍得粉碎，指着天上的星星告诉你“你做梦都摘不到”，又会告诉你“往前冲就好了，哪天你实在无处可去了，我家阳台可以借你睡”。

要是没有这样的人，我的青春好像也平淡得不那么值得怀念。

我想每个人青春里好像都有一个帮忙出谋划策的好兄弟或者好闺密，他们一般都没帮上什么忙，还到处惹祸，弄出那么多乱七八糟的难缠的事情。

但要是没有那么多奇葩而矫情的事情，没有那么多性格鲜明的人，我们短暂又乖巧的十七八岁，该是多么无趣。

几年未见，朋友们的恋人已经换了一批

///

前些天发了一条朋友圈，很快有几个人点赞，其中一个是我闺密的男朋友。那个男生我只见过一次，印象还不错，平时也没啥交流，就没在意。过了一会儿，又有一个人点赞，一点开，备注的名字竟然是“××的男朋友”——这个××就是我那个闺密的名字。

我缓了好一阵子才反应过来：“哦，这个是她前男友，他们早就分手了，我这边备注却忘记改了。”

高中毕业两三年，朋友圈里的老朋友还是那张脸，一旁依偎着的那位倒是换了人。他们在照片里笑容灿烂，不知道是不是遇见了更合适的爱情。

这才忽然发现，几年未见，我周围很多朋友的恋人已经换了。

“谁是你的新欢？谁是你的旧爱？”这话不带褒贬，只是忽然想起就恰好聊聊。就像深夜行走了很久，停在一间小酒馆歇息，脱下厚厚的外套，观察肩头袖口那朵快要融化的雪花。

每次老朋友相见总是免不了八卦一番，谈到过去如胶似漆的两个人，不由得啧啧感慨：“真没想到彼时海誓山盟的人，如今再也不相往来。”

说起来很讽刺，也很无奈。

原来被我们看好的那几对，现在都没有让我们开玩笑的机会了。他们彼此见了面会尴尬，我们提到时更会尴尬。

高中时有一对颇为传奇的学霸情侣，大家都说是天造地设的两个人，般配得很。高三的时候，女学霸写了长长的故事，回忆和男学霸的恋爱经历：高一的时候为了接近他，她去学了编程，软硬兼施，最终把男学霸追到了手，两人常常一起参加竞赛，各有所长，一时传为佳话。男学霸也是公认的“好男人”，对她宠爱有加。很多人都抱着以后要去喝喜酒的心态调侃他们。毕业后，女生去了北大，男生去了同济，本以为高智商人的爱情会稳定而和谐，没想到终究还是没走到最后。上次有人提到他们的时候好像是冬天，曾经很暖的爱情，被说出来的那一刻，哈出的白气模糊了眼睛。

我另一个闺密，上大学之后交往了一个比她大几岁的学长，我还曾去他们在上海租的房子做客。如今学长已经进入职场，她也常常为他“洗手作羹汤”，精打细算的时候真是贤惠得没话说。几年前她身边是另外一个人，那个曾经陪她吃一日三餐外加宵夜，每天送她到寝室楼下的男孩子，如今大概正在遥远的北方望着大雪茫茫，不知道她会不会偶然想起他。

彼时艳羡的情侣们如今四散天涯，是因为距离太远？观念转变？或者是遇见了更加合适的人？分手的具体原因我们都不得而知。

有人说，是因为感情不纯粹了，掺杂了很多新的欲望——男生见到了更多的漂亮脸蛋，女生也开始追求更好的生活，于是恋爱成了一种盘算，一种手段，一种暂时排遣寂寞的方式。

我并不是很认同，有时候与一个人说再见，并不是因为对方给不了物质上的满足，而是因为精神上已不再合拍。

有个女孩子问过我一个问题："我换过好几个男朋友，是不是意味着我不好？"

之前我对于"一生只够爱一个人"也有种执念，现在偶尔会怀疑，觉得一生只爱一个人，有时候也可能是一种残酷。

在最开始遇见爱情的时候，我们其实并不知道自己想要的是什么样的爱情。倘若为了爱情的"永恒"而死撑，反而是另一种不忠诚。

如果你每次面对爱情和恋人都是真诚的，没有把恋爱当作游戏或者排遣寂寞的方式，那么在你遇到最合适的之前遇到多少错的都没关系。

人在成长，感情观也在成长。

九分无奈，十分现实。

时至今日才明白，承诺这件事情，不要随便说出口，谁让人生变数太多，我们一不小心就会打自己的脸。

看看这些老朋友们，才分别几年就变化如此大：从短发素颜到涂着蔻丹挂着耳环烫着头发，从衬衣球鞋到西装领结，从说话还带着口音傻笑嘻嘻到委婉客套酒桌气十足。

时间过得太快，从彼时到此刻是一部还未放完的电影，只不过前面部分过于拖沓和冗长，在记忆里喧宾夺主，给人一种那本是永恒的错觉。而我们这些唯恐天下没有八卦的旁观者，也渐渐学会了设身处地地理解他人，都明白各有各的无奈，各有各的难。

从最开始惊讶着："再也不相信爱情了。"

渐渐惋惜："你们还能和好不？"

继而接受："其实分手了也不可惜。"

到后来完全理解："还会遇见更好的人。"

初中的时候，英语老师为了劝诫我们不要早恋，一根手指推着眼镜，苦口婆心地说了一堆大道理，可我记得的只有一句："你们现在在学校里，最多只能遇到几千人，你以为你找到了真爱，其实只是错过了未来与更多人相遇的机会。"

当时真的觉得太在理了——好好学习啊，哪个国家的帅哥泡不到？现在想想也挺意味深长，爱情这件事情是经不起比较的，有比较就会有落差，有落差就会不满足。人都是会贪心的，如果有选择的机会，就会开始动摇。

大家都是摸着石头过河，没有人是从一开始就知道自己适合什么样的人的。要是爱上的第一个人就是对的人，那该多幸运，多难得。可大多数人都没有这种幸运，大多数人都慢慢对这份不幸运有了包容。

所幸还是有人愿意一直爱着，他们愿意为了过去的一句话，或者为了那个女孩子单纯无邪的傻笑，把曾经的玩笑话变成传奇。

越长大越发现，其实我们已经够累了，自己的出路都不太找得到，更别说两个人共同的出路了。关于爱情的幻想不再天马行空，变得更实际，更具体。

从“牵着手周游世界”到“能租得起一个温暖的房间”；从“你喜不喜欢我”到“你家人喜不喜欢我”；从“相爱到永远”到“努力再多爱一天”；从整夜想，到不敢想，到不去想。我们对于爱情慢慢有了明确的期待，却不敢有太多期待。

后来发现，顺其自然，是最懦弱，却也是最有效的方法。

有多少人是真的想要放弃？只是不喜欢失望和将就罢了。写到这里忽然觉得心里特别酸，很多人的面孔重新出现在脑海，有的人还经常联系，有的人不知道此刻远在何方。

我朋友们啊，无论几年之后你挽着谁的手走进婚姻的殿堂，无论我知不知道对方的名字，我都会发自内心地祝福你的选择。

最后祝我那些还没有找到爱情的朋友们：

恋人不换太多，早遇到一生所爱。少遇几个人渣，在爱情里平坦快活。

没遇见喜欢的人，就先遇见喜欢的事情吧

///

我常和周围朋友说："我觉得在大学这个阶段，最好的感情状态是独身或异地恋。"

事先说明，我不是反对校园恋爱。可能在我看来，恋爱是一件可遇而不可求的事情，得需要运气，与其拼命寻找，倒不如顺其自然。太多太多人只顾着羡慕身边人你侬我侬的爱情——羡慕每晚宿舍门口上演的韩剧般的吻别；羡慕双双对对一起上课吃饭；羡慕在忽然下雨的夜，一脸疲惫的女生走出图书馆时，头顶忽然出现一把伞。

在所有略显孤单而尴尬的时刻，心中有那么一点点期盼和埋怨——如果喜欢的人在身边就好了，或许每一天的疲惫，都会在一个拥抱里消散成甜蜜泡沫。

与此相比，与自己的"恋爱"倒是美妙不少。我虽然有男朋友，只是分处两地，平日难得相见；在更多的时间里，我觉得自己能够和喜欢的事情在一起，自在如风，倒有着说不出的快乐。

高中时班上有个姑娘，长得白白净净，有双好看的大眼睛，说话温柔，带着好听的尾音。她爱音乐，爱旅行，爱小动物，笑起来的时候也像是温顺又迷人的小动物，让人心生怜惜。我很喜欢她，觉得那些舒缓的英文歌曲像极了她，每个字词都丝丝入扣，美到恰好。

大学时听说她谈恋爱了，对方是朋友的朋友。她给我看过照片，高大帅气，清秀斯文。我心想他和她真是般配。

本以为他们两人是校友，没想到隔了山河迢迢。要是她飞去看他，估计得穿过大半个中国。

她说："没关系啊，我们每天就固定时间聊聊天好了，各自有自己的生活，他平时也很忙，可以用手机的时间少。剩下的时间，我可以继续做自己喜欢的事情。"

她每天的生活很充实，我在朋友圈看到她最近的照片，穿着蓝色的裙子在海边，她好像比以前瘦了些，出落得更加漂亮。

她是懂得拿捏的女孩子，给人自由，也是给自己自由，心安的时候，总会从容许多。

很多人觉得在恋爱中，"距离"的拉长意味着不安全，就像羊跑出了牧羊人的视野，惊慌失措，不见了对方如同天塌下来一般。其实两个人的恋爱里真的需要一个"距离"，没有距离，没有私人空间，我们会失去理性，无法呼吸，无法真正做自己。

很多时候恋爱失败，不是因为我们失去对方，而是因为先失去了自己。

昨天我又看见她发朋友圈了，短发的她好像打了耳洞，戴上了耳环，抹了颜色很正的口红，画了眉毛，红色的连衣裙线条明朗。平日她总是宽T恤、阔腿裤，活脱脱的假小子，今天的她红裙淡妆，还是那样不做作地疯狂大笑，却妩媚不少。

她是我在大学认识的同学，大一时我们在一个社团，交流并不多，只记得她有着好看的侧脸，笑起来的时候有点像台湾偶像剧里那些并不是很甜美，但是调皮得让人着迷的女主角。

刚开始印象不深，可因为一件事情，我对她刮目相看。

那时候乌镇的木心美术馆正处在筹备阶段，我们只是听说，并不太关注。偶然的一天，我从朋友圈里了解到，她正在场馆里帮助布置场馆，做着前期策划。她学陶艺，她写文案，她和一群热爱木心的人一起筹备着一场特殊的纪念。她说她真是爱死木心先生了。

我想："爱死一个已经不在的人是什么感觉？"等我有幸去木心美术馆，在昏黄的灯光中看到老先生的画，惊讶于精巧的方寸之间竟容下万物灵光；读他的诗句断章，才发现如此有趣的人已经逝去，着实可惜。

我大概懂她的心情了。

她不过是一个二十岁的女孩子，能爱着一种情怀，并且会去追寻。她是很优秀的人，却并不自知。

有次她无意中听到我的电台，给我留言，说：“我好喜欢你的声音哦。”我说：“我好喜欢你哦。”

我是真的喜欢她，她身上有种说不出的果敢与洒脱。她是那种可以为了自由不顾一切的姑娘。她和阳光疯狂地约会，浑身晒成古铜色的时候也很美。

我多么羡慕那种如火焰一般的念头，绵延不绝，直至燃烧掉所有的犹豫，剩下的只有奔赴。

她的“恋人”真的很多啊——色达的彩旗，垦丁东面的太平洋，美奈海边的晨光，和所有异乡的月亮。

我喜欢这样的生活状态，用自己年轻的生命去贴近这个广阔的世界。她要住一个树屋，她要开一个小酒馆，她要做一个永远在路上的人。她不是从没遇见爱情，她只是不想过早地栖息，她是不知疲倦的鸟儿，不停地飞，想要在落脚之前尽可能地观赏这个世界。

她的社交账号的签名写着：“愿我们永远知行合一，自在如风。”

说实话，现在的我已经很少去羡慕一个人了，但着实佩服她的勇气，羡慕她的生活，也真心为她感到高兴。她比我周围很多人都活得自由，不是因为她去了很多地方，而是她总想尽办法去实现自己的念想，让自己从喜欢的事情上汲取不竭的快乐。她的自在虽如风，却很有分量。

虽然很多女孩子总爱对着某些男明星激动地叫“男神”“老公”，但我相信大部分其实早就理性地思考过对爱情的标准，她们明白谁靠谱，谁稳重，谁合适，谁是自己真正倾心的，她们不会轻易把自己的心抛给一个人。

她们并不是没有机会恋爱，只是她们觉得一个人也可以享受到足够多的快乐，这样也挺好的。

电影《美食、祈祷和恋爱》用三个地方来阐释一个女人生命中重要的三样东西：美食可以饱腹，祈祷和盼望可以让心灵自给自足，恋爱如同身外之物。爱情不应该是面包，而是调料；不是不要，只是他的肩膀可以休憩停靠，却不应是救命稻草。

以上是我对于三样东西的理解。我从来不认为恋爱是生活的全部，相反，它是生活中很有趣的一部分，可以是调剂，却从不是必需。

如果你正处于甜蜜的恋爱状态，记得给自己和对方留一定的距离。有韧性的关系，面对时间才最耐磨。

如果还没有遇见喜欢的人，或者只是存在暗恋的对象，你所要做的事情就是一边享受自己喜欢的事情，一边努力让自己变得更好。不刻意的等待是一段属于自己的增值期。

有一天当你真正遇见那个人，我希望你们是用最好的状态遇见彼此，若是合适当然幸运，若不合适，至少你一直拥着更好的自己。

爱你不自由，不爱你也不自由

///

这世界上有一种矛盾叫作“在远方的时候想回家，回家了又想往外跑”。

这座港湾可能有些无聊，风景单一，不刺激，充满了市井喧嚣，但是在外边经历了大风大浪、漩涡暗涌，反而开始怀念那个有点落后、有点无聊，充满鸡毛蒜皮和啰唆的地方。

听过一首歌叫《不自由》，唱的是对一段爱情关系不再有热情之后逃离的渴望，有一句歌词是：“爱你不自由，不爱你也不自由。”今早起床忽然想到这句歌词，又想起刚离开的家，于是写下这篇文章，歌词作为题目，放在这里觉得恰如其分。

我每次离家返校，几乎都是乘七点半的早班机离开桂林，宁愿犯着困摸着黑爬起来，为的是在清晨时看一看桂林的大地，天气尚好的时候，阳光刚穿透晨雾，会看见桂林独有的喀斯特丘陵地貌，清秀而绵延。

从广西到浙江，从青山绿水到高楼广厦，从此家也成了远方。

上一次乘早班机回校，凌晨四点半就爬起来收拾东西，五点半出门，爸爸开车载着我在桂林清晨的大马路上驶过。三里店的大圆盘早已不在，南城百货前新建了天桥，香江饭店门口一大片地方在修路。离家求学不过三年，家乡的城市建设已经把记忆侵蚀得面目全非。真不知道下一次回来，这座小城又会陌生几分。

我惭愧于自己从未认真地看过我从小熟悉的城市正在经历怎样的变化，正如我会忽略父母渐深的皱纹和渐少的头发。

那种感觉是惊愕的，是心酸的，是自顾自在二十岁出头的鲜活岁月里狂欢展望，却忽然瞥见步入半百之年的他们已经无力谈及任何梦想。

半个多小时的车程，我和爸爸有一搭没一搭地聊天，为了能把他的声音听得更清楚，我特意把车窗关上。

哪怕是寒假，也不是每天都能见到他。爸爸的大部分时间被工作占据，加班，加不完的班；而我除了上课、写稿子，还有很多同学朋友之间热闹又平淡的约会。我们忙着各自年纪里不咸不淡的琐碎，静下来好好交谈的时间微乎其微。

每次进安检之前，我都会拥抱一下他。在我伸出手的时候，他也伸出了手，那种默契的下一刻就是又一个长达四五个月的分别。我第一次回头，爸爸站在那里看着我；我第二次回头，他还在挥挥手；我不敢再回头了，再回头会哭出来的。

这次回家前，我就告诉自己，要多和家人待一些时间，特别是和奶奶、外婆。

爷爷走了之后，奶奶从南宁回来了。我让她和我睡一个房间，这样她不会太寂寞，每天睡前还能有人一起聊聊天。老人的作息习惯和年轻人很不一样，比我睡得早，也比我起得早，睡眠还很轻，我一走进房间，她就醒了。

陪奶奶回旧家收拾东西，平常五六分钟的步程，那天我搀着她慢慢悠悠地晃了二十分钟。路上偶尔提起爷爷，奶奶一反平常电话里的乐观：“那有什么办法，你爷爷丢下我了，我一个人怕得很。”她说着说着忽然在晚高峰的车水马龙里抹眼泪，我赶忙转移话题。

家人常常都是脆弱的，只是我们离得远，所以那些情绪偶然泄露的缝隙常常会被忽略。但看不见不代表不存在，它们会在某一个时刻忽然崩溃，让人猝不及防。

我给外婆买了两大袋的杏仁和腰果，妈妈说外婆很爱吃这些东西，却总是嫌贵。尽管我告诉她是拿稿费买的，还是被她絮叨了半个小时，死活要给我二百块钱。我苦苦劝说无果，于是把两袋坚果分成了六小袋，这样每一袋就只有几两：“你看，我下次回来可能是五六个月之后了，你就当我每个月给你买一小袋好不好？”

她忽然就不说话了，半晌才说：“好。”

我的鼻头又是一酸。

一些亲人离开之后，记忆中有些影子好像被打碎了，小时候脑海里的那棵“家庭树”好像不再那么葱茏，开始落叶，开始枯萎。有次和哥哥说起这些事情，他沉默许久：“你怎么总是把自己搞得那么伤感。不过也没办法，生活就这样。”

“有些人，见一面就少一面。”这句话不是危言耸听。

很多朋友假期回家好像过得并不愉快。

和几个闺密去吃火锅，筷子在鲜红油亮的锅里搅来搅去，热气腾腾的花椒味里，说出的话都是潇洒而响亮的。

一个朋友说：“终于回学校了，在家真是待不下去了。”她老舅苦口婆心地让她好好考公务员，找一份稳定的工作。可是对于这个姑娘来说，公务员并不是最心仪的选择，她不想在事业单位里面对上下级，也不想朝九晚五评职称，更不想靠着七大姑八大姨的关系做着一份姑且“稳定”的工作。

另一个朋友向我吐槽，她回家的时候在中指戴了一枚素戒指，妈妈看到了便责令她摘下来，她说这有什么。“你就傲吧。”她妈妈甩给她这样一句话。她哭笑不得又满腹委屈。

我们的上一代，常常用他们那一代的方式来“为我们考虑”，纵使这个方式在今天已经快过时了。在我们诧异、无奈，甚至厌恶他们那些条条框框和规矩的时候，可能会忽略一个事实：

我们以后目之所及的世界的广阔程度，可能他们这一辈子都抵达不了了。我们所面临的机遇、上升的空间，对于他们来说，也只能心有余而力不足。

他们的精力和体力已经无法支撑他们再次认识这个飞速发展的世界，他们或许正在慢慢地和上升的时代脱节。

你一定也在某个时刻这样想过：等我有了能力，我一定远远地离开家，你们谁都找不到我，也管不了我。

高中毕业的时候，我也是带着自以为是的“反叛精神”企图逃脱。

等我真正有了能力，可以逃了，反而觉得离不开了，就算走得再远，心中还是隐隐地有什么东西牵挂着，哪怕跑到天涯海角，始终被系得牢牢的。

或许这根锁链自我出生时起就已经无法断绝了，那就不要扯断它，让它永远锁住我吧。

向家妥协的人是个loser，向家妥协的人也是个英雄。理解家人的不理解，包容家人的不包容，接受他们和我们之间必然的分歧，并努力在做自己和让他们开心之间保持一个平衡。

要知道，这世界上，觉得你最没用的是你爸妈，觉得你最优秀的还是你爸妈。

不要让他们失望，也不要让他们伤心。

汪曾祺的《冬天》里有一句："家人闲坐，灯火可亲。"

离家求学几年，见过了异地绚烂的灯火，黄浦江岸通明的夜景，始终觉得少了点什么。汪老先生这句话，虽然只有八个字，读到的人光是想想那场面，心里就不由一暖。

我是很独立，并不代表不需要你

///

我的朋友蓝真心小姐长了一张娇气小女生的脸，却活得很豪迈。她是我见过最能折腾的姑娘，一个人从南跑到北，实习、做策划、在戏剧节做志愿者，每天像打了鸡血一样，东奔西走，马不停蹄。

一直以为蓝小姐的生活里是不需要爱情的，或者说，她还没遇到看得上眼的爱情对象。直到那天她偷偷跑到我的公众号底下评论，把自己的小秘密吐露在了密密麻麻的留言里，我才知道了她的故事。

假期实习的时候，蓝小姐遇到了一个她认为对的人。

对方是研究生，而蓝小姐刚上大三，两人因为一个名企交流活动相识。在大巴上，蓝小姐给大家做接下来两天的日程汇报，发现有一双眼睛一直盯着她，带着微笑。本来有些紧张的蓝小姐被温柔地注视着，让她觉得好暖，她看着他的眼睛，不紧不慢地把话说完。

那双眼睛的主人，我们姑且叫他“微笑先生”吧。

微笑先生真的很迷人啊，他努力认真，但又有自己的困惑，这些都是蓝小姐告诉我的："他和我之前接触过的强者不同，些许幼稚显得真实。他有爱心，曾去支教一年。他又有野心，为自己的人生做好了清晰的规划。他丰富又美好。"

那天晚上有唱歌活动，蓝小姐和微笑先生唱了一首梁静茹的《暖暖》。蓝小姐看着比自己高了三十厘米的他，心里觉得甜甜的，但她什么都没有表露出来。

一开始工作，蓝小姐如同开了挂般马力全开，从梦幻的粉红色泡泡里蹦出来，蹦回了自己平日的状态。

蓝小姐其实有些惦念他，可是什么都没说。活动快结束的时候，微笑先生告诉她："你很理智，很要强，我喜欢和你交流的感觉，可是，你这样的女生，应该不需要男朋友吧。"

蓝小姐真想把自己变成一个大口袋，从里到外翻个个儿，告诉他："你看到的，根本不是全面的我啊！"

以前觉得是自己不够好，才吸引不了这样优秀的人，所以蓝小姐一直把那颗少女心悄悄放下；好不容易遇到一个想要踮起脚尖去够的人，对方却回以如此可笑的答案。她说了一句让我很动容的话："他是真诚地认可我，也是真诚地不喜欢我。其实我很没安全感，也总希望自己也是一个能被人小心呵护的女孩子。可能在他眼里，我不需要被照顾，因为我一直看起来活得很好啊。"

其实很多姑娘都是这样的，扭得开瓶盖，搬得动水桶，自己修电脑、换灯泡，28寸的行李箱徒手扛到四楼，开心起来好像阴霾四散，一转身，潇洒得落叶都纷飞起来。她们因为害怕，因为觉得自己配不上好的爱情，于是把自己的头高高扬起，一心扑在工作上，为自己刷上一层“女强人”的保护色。

可是那些内心的不安全感是无法完全靠工作弥补的，骗得过在众人面前笑得从容的自己，骗不过独自失眠时的不安。

蓝小姐苦笑：“对方一直说我强大，真心认可我的能力，到头来都没把我当女人看。”

我是女强人，可我归根结底还是个女人啊，内心的柔情似水，也没有人凝望。

我的强大是给别人看的，拿来掩盖自己柔弱的一面，可是你怎么这么笨，偏偏只看到我的伪装。

曾经和几个认识的男生一起吃饭，酒足饭饱之后聊起某明星离婚事件，本来无心踏足理科生的世界，却听到几个大男生感叹：“找个这样的老婆真的好可怜，心疼他。”

我忽然来了兴趣：“那你想找什么样的？”

一个说：“听话，乖巧一点的吧，我们这些平凡人也不奢求迎娶白富美，只要找个温柔贤惠的就够了。”

另一个说："现在有些女生太强势，确实很能干，让人仰望、佩服、称赞，却不会爱上，找女朋友还真不敢找这样的。"

我步步紧逼："那她不工作待在家里相夫教子，你养她咯？"

他们点点头。

我这个"直女癌"一听就来气了："万一哪天你出轨了，或者没有工作了，她该怎么办？"

对方无话可说。

且不说谁对谁错，想想也真是一件很矛盾的事情啊。女人的年轻美貌会随着时间走下坡路，男人的财富和工作经验会慢慢积累增加，如果不让女人拥有自己的生活和事业，那是否意味着年老色衰的时候只能做个待选项?

在过去，社会对女性的定位是"相夫教子""贤妻良母"，而如今的女生们变得越来越独立，这其实是一件好事。她们努力是为了给自己资本，让自己在这个世界上找到除了爱情之外，能够稳当地站在大地上的东西；是为了不那么落魄，让自己在满盘皆输时还有勇气重新开始。

当自己能保证经济和思想独立时，和嫁一个好老公其实没有太大的区别，也不用担心要靠孩子和承诺维系婚姻，这样反而会有更加自由而稳固的爱情。

很多拼命的女孩子，其实都是没有安全感的女孩子，她们觉得别人的肩膀靠不住，索性就靠自己，颤颤巍巍地奔跑起来，最终披荆斩棘，成为生活里的女战士。

但其实没有哪个女生真的想做个一手遮天的女强人，我们不是女娲，不需要补天。

“想谈恋爱吗？”

“想啊。”

“你那么拼命，累不累啊？”

“累啊。”

不知道为什么，这个世界把姑娘们的努力推至一个极端：你要努力啊，拼命啊，死撑啊，这样什么都会有的——你会变美，会成功，会有钱，会有爱你的男朋友。

所以她们兀自向前奔跑，觉得爱情是小姑娘才想要的彩虹糖，而为自己奔忙的人，是没时间停下来谈论儿女情长的。

她们常常告诉自己：“只有工作和事业能给我带来安全感。”可是工作结束的时候，她仍然觉得心里空落落的。

我见过很多女生，她们努力工作，在需要雷厉风行的时候绝不手软；她们一个人去不同的地方，把自己打扮得漂漂亮亮的，活得很好，不是为了取悦谁，就是不想将就自己。后来遇到了喜欢的人，她们高高兴兴地扑进对方的怀里。

我总笑她们“见色忘友，和男朋友说话声音都嗲了起来”，但心里还是很羡慕这种状态的——工作的时候认真睿智，但在爱情里是个傻乎乎的小女人。

我从小受到的教育是：你要坚强，但是不能强悍；要学会示弱，但不能软弱。

那些想要靠展示自己的强大、潇洒而压制住爱情的女孩子啊，要知道，独立是一种迷人的品质，强势给人一种果断的美感，但是不要过了头，强悍并不美。你的心气再高，能力再强，至少搭下一丝柔软作为线索，告诉他：“我在等你。”

那些因为女孩子强势望而却步的男生啊，要知道，如果你自己强大到一定程度，就不会觉得别人强势。其实她们的强势，如同小刺猬保护自己的铠甲，如果你用真心感动她，她也会让你看到她柔软的一面，就像小刺猬的肚皮是又软又暖的。

你敢不敢承认：“我是很独立，可我也需要你啊。”

话才说到一半，没有人听完

///

林宥嘉有一首歌叫作《我总是一个人在练习一个人》，词曲淡淡的，诠释着现代都市生活中的孤独。

在那首歌的MV中，林宥嘉一人分饰两角，自己陪伴自己，自己和自己交谈，他那种总是淡淡的表情让人心疼不已。

一个人去上班

又一个人去吃饭

再和更多的一个人纠缠

话才说到一半

没有人听完

我不孤单

孤单只是情绪泛滥

你是否有那样的经历——兴高采烈地说着一个话题，发现其他人低头玩着手机，或者心不在焉地摆弄着衣角，一瞬间心情跌到谷底，觉得自己像个小丑一样，对着无人的山谷赔着笑脸，还得不到应得的关注，只听到尴尬的回声。

于是为了避免尴尬，慢慢学会了闭嘴。久而久之，少了表达的欲望：反正没有人听，矫情个啥。

你有没有发现，很多人的心事和心绪，被发在了社交网络上，而不是锁在日记本里。我一直在思索这样一个问题：为什么有时候人们会把那些只和自己有关的情绪，甚至只有自己才能看得懂的句子，发布到公开场合呢？都是成年人了，可以排除小学生那种摘抄句子装深沉的可能，也可以排除掉中学生那种喜欢不直接说，偏要拐弯抹角地让某个人看到的可能，更可以排除掉被盗号的可能。

为什么我们在对所有人说那些本该只对自己说的话？

我想，有时候，也许是为了自我激励，让自己的想法“曝光”，然后借着这份宣告，不断自勉；有时候，也许仅仅是希望能有人听听自己说话吧。

应了那句歌词：“有那么多人在寂寞，就没有人寂寞。”

一个写东西的朋友等火锅的时候在朋友圈发了一张文字图片，就是那种经常跟风转发的游戏：

“今晚12：00之前你可以给我发一条长长的信息——暖心也好，道歉也好，牢骚也好，抱怨也好，宣泄也好，不满也好，或者一直没说出口的话也好，我会用心去看的。”

据他说，那天他收到了几百条留言，最长的大概有五千多字。虽然他总喜欢给自己玩这样“作死”的游戏，还是会有很多人认真地留言，他也都会耐心地看完。

但是让他印象最深的，是一个姑娘的留言：“我把你的图转到我的朋友圈，过了一个小时，没有收到一条留言，但有两个赞。”

后来那个写东西的朋友在文章里提到这件事，写道：“我可以想象到她满怀期待地捧着手机，一边刷朋友圈一边等消息，以为会收到什么意想不到的惊喜，但是……好像……”

挺心疼的。

我这个人，只有在面对熟悉的人或者熟悉的环境时，才会特别有表达欲望，其余的时候一般选择保持沉默。这种沉默和“高冷”什么的无关。我愿意听别人说话，好在我说话的时候别人也听得进去。其实我还算是个话比较多的人，有什么不开心的，找朋友说出来就好了。但是那些真的不善言辞的人，他们的心事，有没有人听完呢？

其实每个人都是一本书，只是有些人，你从来没有想着去翻开他。就像那个总坐在教室最角落，话不多，貌不扬，甚至你都忘记他名字的同学。

他的故事，并不比任何人无趣。

“两三百人站在偌大的场地里，排着队领包子和豆浆。有肉包子和青菜包子，我小心地拿了一个青菜的，打开食品袋，还是温热的，有着淡淡的清香，带着些面的微甜。大家轻声交谈，西装革履或者棉麻长衫，两三个人围在一起安安静静地吃着包子。我发微信给妈妈：和几百个人站在一起吃包子真是奇妙的体验。”

这是去听“一席”时的一段特殊的经历。

“一席”有点类似于国内版的“TED”，每期邀请八到十位来自各行各业的讲者，轮流上台做一个四十分钟左右的小演讲。比如作家、帮雪花拍照的显微摄影师、电影里的特效化妆师，甚至是敦煌博物馆年迈的老馆长。

那天我在现场，听了八个人说话，从下午一点到晚上八点，除去中间吃包子的半个小时，基本上一直都保持沉默，只用眼睛和耳朵交流。

长时间集中注意力连续听八个人“说话”已经不是一件容易的事情，更何况要和不同领域、不同年龄甚至不同语种的人进行思想碰撞。他们离我的生活很远，听了他们的故事，我才发现，还有一个如此新奇的世界。

原来在平行时间里，有人做了那么多的事——有人养金鱼，体会生活美学；有人翻开了中国第一本科幻小说；有人开始关注野生动物；有人在虎跳峡成功漂流穿越长江……

在无数生命共有的世界，我们被一种叫作“角色”的东西嵌入平行时间这张巨大又细密的筛网里，每个人都是时间截面的一粒微尘，也延伸成一条不可复制的生命线路。

没有生来毫无故事的人，只有没被了解的过去。无关身份，无关标签。

每个人都常怀孤独，在良宴欢会的时候是意识不到的，但当人群散去，发现自己除了抓住喝得差不多的啤酒瓶，抓不住谁的手。我们其实都有很多言语不被倾听的时刻，只能学着与自己共处。

之前看过一部很“丧”的动画片《马男波杰克》，波杰克的妈妈和他说：“现在，你可以用工作、书、电影、你的小女朋友来充实人生，但你依旧不会完整。”

可能有些悲观吧，可是我觉得生活的确是这样。自我永远不可能被言语表达清楚，有一部分是我们无法完全交付的。对于这些沉默的时刻，就放他沉默吧，接纳那些不完整，没有谁是绝对完整的。

大学的朋友，虽然平时总是欢笑打闹卖萌，但我总觉得她还是心事重重的，她有一部分自我是我从来没有接触过的。也许她很想说给我听，但是作为另外一个个体，要做到完全地理解真的无能为力。我们聊得最多的是那些日常琐碎。我知道那些深刻的、让她孤立无援的东西可能无法用言语缓解，那我们就说说花开，说说雨落，说说人情世故温热冷漠。

我希望这些能让她感到舒服一些，就像漂浮久了，慢慢踩到地上，渐渐踏实。我们难逃生活中的沉默，或许是我太悲观，若是把希望寄托在其他人身上，那么这份安全感并不安稳。

有个很深奥的词叫“自渡”，我的理解就是“船在脚下，桨在自己手上”。随时来，随时走。既能谈笑江边酒家，也可在水一方，苍茫而匿。

/ / /

你的心气再高，能力再强，
至少搭下一丝柔软作为线索，
告诉他：“我在等你。”

/ / /

别怀疑友情这种东西，
时间不会让它消亡，

它会很安静地生长。

最好的友谊：短暂分离，长久惦记

///

小学的时候最好的友情是一起回家，在捡来的树叶上为对方画画，用透明胶带把紫藤花蒙上，贴在本子上，里面写着我们的名字。

初中最好的友情是一起在操场散步，吃很廉价的零食，喝泡泡汽水，说最喜欢的动漫或者电视剧，约一场漫展或者借一本言情小说。

高中最好的友情是躲着查寝的生活老师，宿舍六个人挤在两张小床上，聊喜欢的男生和未来的梦想。有好事情一起分享，被班主任批评了一起扛。

到了大学，曾经的朋友四散天涯，同行的人越来越少，开始学会一个人不动声色地做完曾经必定三五成群才能完成的事情。

我曾以为我离彼时的友情远了，后来才发觉如今拥有的是一种更为成熟的情谊。

我有个学姐叫叶子，她是电台的编辑，我俩平时碰面会互相打个招呼聊会儿天。她笑起来眼睛弯弯的，有点惹人怜惜又可爱的傻劲儿。她的笔触温柔，却又藏着很多欲言又止的秘密，就像她一样，明明心里波澜不定，脸上却总是云淡风轻。

有一次她在朋友圈里晒自己刚收到的朋友寄来的《长歌行》漫画，我惊讶于她还喜欢看漫画，趁着借漫画的机会问她，她说起那几册漫画的故事。

高三的时候，朋友送她三本《长歌行》，本不爱看漫画的她随口调侃道："只送三本，哪里够看。"对方便说，只要作者一直画，她就一直送。

高三那年，她为叶子姐许下这样一个玩笑般的诺言。

高中毕业的第三年，叶子姐拿到书的第十卷。那天正下着雨，叶子姐发了一条湿漉漉的朋友圈：

"你从不评论我的朋友圈，也不会主动和我聊天，只是每一年新的《长歌行》出刊时我就能收到包裹，无一例外。画里的人还是一如既往的好看，我觉得我们的故事比画里那些曲折辗转还要暖。"

看到叶子姐朋友圈的时候，我心里像是被温柔一击，除了羡慕、感叹，还有一种莫名的欣慰。

彼时我们把友谊看得大过天，后来四散天涯，我以为友情会随着分离和成长渐行渐远，慢慢斩断和过去的关联，没想到仍会有人如此心心念念，守着诺言。

一个很久之前的承诺，不痛不痒却又铭刻在心，哪怕毕业之后再也没怎么见过面。总有个人记得你，一直惦念着。别怀疑友情这种东西，时间不会让它消亡，它会很安静地生长。

桦桦是我高一时的同桌，以前我们天天见面；后来她去了武汉，我来了嘉兴，基本上一年才能见到两三次。高一下学期末分班，她选理科，我选文科，分开那天我写了一封长长的信给她，偷偷塞到她书桌的抽屉里。明明我俩的教室只隔了十几步路，偏偏有话不愿意当面说，要写在好看的信纸上才觉得意义非凡，如今想想似乎有些矫情。

在只有两间教室之隔的距离里我们书信往来，而真正上大学之后，湖北到浙江那么远，我们反而只互相寄过几张明信片，也只在跨年的时候才会用电脑视频。平常聊天也不多，偶尔的交流也会因作息时间而有“时差”——常常是我早晨刚醒，看到她半夜的消息，回复的时候，估计她又睡了。虽然如此，每次聊天的时候我们也并不觉得生分，就像久别的恋人：“你想不想我啊？我想死你了！”

有时我闲下来，忽然会想：“桦桦现在在做什么呢？”然后便想起高中时她写给我的一封信上的话：“有时候看到窗外忽明忽暗流动的云彩觉得好美，我知道你也在看。”于是我就告诉自己，她或许也在武汉的某个角落做着和自己差不多的事情呢。

我们也就只有假期的时候才能相聚。她每次去桂林，都住在我家，妈妈也习惯了每年假期多出来一个“女儿”。我们一起去楼下米粉店买卤味和菠萝啤，一边看电视一边啃鸡爪，晚上躺在床上聊一整夜，直到实在困得不行了才打着哈欠睡过去。

她是我说到好朋友时第一个想起的人，也是我短暂相见，但是长久惦记的人。

总有人抱怨大学里的友谊好复杂，没有高中那么纯粹——高中时，面对高考，我们既是对手也是队友，共同朝着一个目的地；而大学里，我们的志向在四面八方，单打独斗，各自为营。

的确有一些时候，人与人的相处漂浮在表面，走心的是一小部分。觥筹交错中，常常会有一种自以为感情深刻的错觉，其实没有必要泛滥情绪，因为没有人会认真听，大多数的情感是为了抒发而抒发，为了表达而表达，为了在所有人都发表某个观点时自己不要脱离队伍以显得合群。

但无论如何，也不要质疑友情这件事。

我喜欢认识各种新朋友，前提是我们的磁场并不相互排斥。人体是一个敏感的信息场，无时无刻不在与外界进行信息与能量的交换。我喜欢这种共鸣与共振，愿意用我的磁场吸引相似的人，同时被吸引。

我并不奢求获得每个人的友谊，我也不会强迫自己去接受我不喜欢的人。我的爱着实有限，要尽可能地给应该给的人。我感激并且珍惜每一份真心，并且愿意付出我生命中的一部分来滋养这一份关系。

有时候想想，交朋友这件事和谈恋爱挺像——需要一见钟情的“眼缘”，需要日久生情的“默契”。友谊其实是一种包容开放却又极富指向性的关系，并不是一对一的捆绑或者毫无甄别的交换，前者是冠冕堂皇的自私，后者是空洞廉价的泛滥。

朋友间的最好状态，应该就像恋人间的最好状态一样：给予对方足够自我独处和提高的时间与空间，然后在忙碌过后，共同分享进步的欣喜。

并不是所有人都能被称为朋友的，若你遇到这样的人，何其有幸。

“我们可能不常见面，但是你要记得按时吃饭，早点睡觉，不要想那么多烦心的事情，实在累了记得有我呢。该做的学习和工作好好完成，对自己要求高一点，我相信你可以做到。记得忙完了，我也有空了，我们见一面，你想吃什么就去吃什么，好好聊聊。”

我们短暂分离，长久惦记，一直在想着对方，也一直努力让自己变得更好。

“你要做一个不动声色的大人了。
不准情绪化，不准偷偷想念，不准回头看。”

Platform

/ / /

我 们 俗 不 可 耐， 我 们 如 此 可 爱。

我 们 的 年 轻

，

柔软而硬气

叁 Part 3

有自己的小确幸，很柔软，又很硬气

温柔地坚持自己，不打扰别人

///

程璧有一首歌叫《小素》，写的是一个名叫小素的普通人。她是个安静内敛的姑娘，在丽江开了一家名叫“坡上”的咖啡馆。她喜欢旅行，喜欢电影，喜欢看书，随性又有点叛逆，在现代社会的语境里被理解成一个文艺女青年。

她知道自己内心真正想要的生活的样子。

程璧以她的名字为题创作了这样一首歌，初听就觉得温柔可喜，我很喜欢歌词的最后一句：“温柔地坚持自己，不打扰别人。”

我们都认为自己是特别的个体，拒绝流于平庸，拒绝被卡在生活的夹层里度日如年，不为人所知。可能我们都暗暗地坚持着一个理想的自己，虽然努力，可有的时候并不温柔，无意中重伤了周围的人。

五月初的一天，她在朋友圈发了一张照片，是用钢笔抄写的一首诗，来自叶芝的《当你老了》。我对这首诗再熟悉不过，却并不太能理解她为什么要抄这首诗。

她是我认识的老师，确切来说，是教学办公室里处理学院里日常教学事务的老师，并不上课。我因为是学习委员，每周会有两个小时在教学办值班，有幸遇见了这样的她——有点蓬松的黑色长卷发，并不白但是光滑的皮肤，匀称健美的身材；她也不年轻了，但是还保持着小姑娘那种对一切事物的热情。

她是很率性的人，喜欢和我们这些学生聊天，熟悉之后才知道她在国外生活过一段时间，游历过很多国家，有过甜蜜的也有过苦涩的爱情。很难过的时候，她曾经一个人去了趟日本，随身带着书籍。她说，走出去散散心，就好多了。

工作不多的时候，她会和我们一起开玩笑，聊日剧里帅气的男主角；忙起来，她直接把头发盘起来，用长杆的圆珠笔作为簪子固定住，我看到了，她还笑："你要不要学？可方便了。"

可能她不是那种在人群中让人惊艳的女人，可是相处久了，会发现她虽然性格开朗，大大咧咧，但是骨子里充满细腻和深情，只是从不轻易坦露。

有次她在朋友圈发表状态："有同事坚持每天早上抄诗一首，并且拍照发朋友圈保存，到今天为止，已经坚持了471天。再小的事，一直坚持，都值得感动和称赞。今早遇见他，我说不如自己开始夜抄吧。说到做到，希望越写越好。"

朋友圈里每天充斥着各种情绪，她的夜抄打卡偶尔会挤在那些深夜情绪的缝隙间，并不惹眼，有时是英文古典诗，有时是最近才热起来的当代诗人作品。有时我会点开认真看，有时也匆匆滑过。

七月渐渐步入中旬，她抄了六十多天，每日都坚持着。她有时也发一些搞怪的段子和或大或小的生活琐碎，但是唯一没有断的，是每天与一首诗歌短暂的相会。

一个人内心的柔软可能不常在日常生活中流露，它们静静地藏好，滋润着那些孤立无援的时刻。我一直觉得很有趣，认为我的生活中有很多类似她这样的，内心与表面不是太相符合的人。其实我还蛮欣赏那些不自觉的“伪装”，因为我们自己是谁，我们在想些什么做些什么，没必要弄得人尽皆知。

大家心照不宣，不会用自己的每日生活常态作为谈资，只是知道有一个人也在日复一日，重复着一件简单却美好的事情。

坚持不要太用力，太用力自己会疼；也不用太大声，不要吵到别人。

这个世界上每个人都有自己的事情要做，不用强行挽留谁作为我的看客，我不需要某些眼睛刻意注视我的一举一动，也就无所谓期待与失落。

去学校图书馆储物架上拿自己的书，不小心碰掉了旁边的一本别人的书——那是一本考研英语参考书，捡起来时书中掉下来一小沓便笺，方方正正的小纸上写了一段话，大概意思是，要努力考研，为的是再也不用见到不想见的人，不想再煎熬于那些忐忑不安的时刻，现在的每一份付出都是为了将来的自由。

我没忍住，悄悄翻开了扉页，看到了书的主人的名字，觉得有些耳熟，想起竟然是我认识的一个学姐，虽然不是特别熟悉，只是说过几次话，一起做过活动，但是我着实有些惊讶。

在我印象中，她是那种很低调的人，低调到我都快忘记了她的名字。她给人的感觉总是淡淡的，甚至有些冷漠。平日不觉得她是一个多么有野心或者有韧性的姑娘，可是从话上来看，她的心底应该还是藏了一团火焰吧。我不知道她经历过什么事情，但是我能理解那种感觉——心有不甘，要为自己争一口气。

她从没在公开场合说过谁的不是，也不曾提起自己太多的个人情绪，她可能始终是个不太希望他人注意到自己的人，但是她自己很在意自己的感受，并且为之付出努力。

后来我没忍住，在那页的后面偷偷写了四个字：“学姐，加油。”

因为不知道能说些什么，也不愿意留下姓名，只希望给她一点点鼓励，就当是这个世界上有另一个人知道了她的秘密，并且愿意帮她继续保守这个秘密。

很喜欢这样一段话：“不议人是非，不泼人冷水。一个人但凡过得好，绝对没空操心别人的事；人浮于事，我们都有各自的困惑和无奈，何必再去为难彼此，不如相互多给些鼓励，聪明人自会领悟。”

不知道从什么时候起，做一件事情开始流于表面，流于形式。有些坚持不是值得炫耀的事情，做了或没做，对外人并没有任何增值或者损失。我承认人有时候总是会有那么一点小小的虚荣心，包括我自己。可是越长大越觉得言行不应该再昭告天下，唯恐他人不晓，而应该慢慢内化于自己的行动，温柔而无声地坚持。

尽量温润又自持地生活，认真做好分内的事情，不自我抬高或者贬低，不耽于表演，不自我沉醉，不要对人对事有太多的恶意，不要给别人制造麻烦。

做好自己就行了。

我相信，那些默默而认真的人终会有所得。

别想那么多，其实没那么多人关注你

///

看过蔡崇达的《皮囊》，故事已渐渐遗忘，但是其中的一句话，我一直记得："肉体是拿来用的，不是拿来伺候的。"

皮囊这个东西，你越伺候它，它就越会拖累你。

或许这个人生奥义简洁又晦涩，让人似懂非懂，但说到底也是很朴素的人生哲学。简而言之，不要让心灵被外在的事物羁绊。

上了大学之后常常感到自己有些变化，渐渐走出之前的一些思想上的条条框框，获得了未曾体验过的自在，遇见事情不再瞻前顾后左右摇摆，而是先去尝试了再说。换句话说，觉得自己天不怕地不怕，脸皮厚了不少。

隐隐有些不适应：我怎么变成了一个这样的人？

细心观察过周围很多同学，大多数和我的处境很像，有个学长还和我开玩笑："大学不抓紧时间练厚脸皮，那进了社会可能就会真丢脸了。"

所以，在大学里，不能太把脸面当回事儿，不要用所谓的“面子”把自己拖累了，敢于“自虐”的人才不会被虐。

“别想那么多，其实并没有那么多人关注你。”

有个朋友在某次学院活动日上表演，唱歌，那是她第一次上这么大的舞台。

这姑娘向来心理素质就不太好，一紧张就打哆嗦。我告诉她：“没事的，你就按平时的状态唱，唱完鞠躬走下来，一切就结束了。”

她犹犹豫豫：“要是我唱不好怎么办？”

我无奈：“你放轻松，其实大家也就图个氛围，嗨起来就行了，又不是唱歌比赛，你越紧张反而越容易出错。”

她点点头上台了，果然，一紧张真没唱好，破了两次音，稍微走调。

刚一谢幕，她立马到后台搂住我，带着哭腔说：“完了完了，全院人都知道我今天唱走调了，丢死人了。”

我看着攒动的人群，学生们兴奋地交谈着，好像并没有被刚才的表演影响。我发了条短信给我台下看表演的同学：“你觉得刚才那个女孩子唱得怎么样？”

对方好一会儿才回复我：“啊？哪个？好像都唱得还可以吧，我刚才没注意啊，在聊天。”

我告诉我那唱歌的朋友：“别多想，其实并没有那么多人关注你。”

这话虽然有点刻薄，好在她习惯了我的耿直，也没生气。不过仔细想来，很多时候的确是这样的。

其实观众并不在意，反而是自己给自己先置下了万千审视的目光，于是畏首畏尾，紧张到不行。

“我只想挑战一下自己，和输赢没有关系。”

大二刚开始的时候，学校举办了一个英文演讲比赛，几个校区共同参加，整体水平自然是高的。

我是文学院的，英文水平当然没有国际传播学院的人高，去了顶多做个陪衬。

犹豫再三，还是报名参加了，想着即使拿不到名次，就当去见见世面吧，反正对方也不知道我是谁。

比赛分两个环节，一个是主题演讲，一个是即兴演讲。第一个环节可以提前准备，我写完稿子又修改几遍，然后就开始练习。那段时间，我总是一个人出现在图书馆楼梯间的空旷平台。背东西当然不难，但是想要和专业的同学并驾齐驱，还是不能大意。

我们校区参赛的共有六个人，彼此之间见面的第一句话就是：

“准备好了吗？一起去丢脸咯。”比赛当天，我们坐车去赛场，出发前，有个一起参赛的同学迟迟未到，我们打了好多个电话都没打通，只好先上车出发。车子开了一会儿才接到他的短信：“算了，不去了，帮我和比赛主办方说弃权吧。国际学院太强了，就不去丢脸了。”

他这样临阵脱逃，弄得我们更慌张，但明明知道会死得很惨，我们还是硬着头皮到了现场。

比赛准时开始，听了几个国际学院的同学的演讲后，我们几个就傻了，这哪里是学校比赛啊，简直是国际频道新闻直播啊！

仅有的一些小小的信心瞬间坍塌下去。

“八号选手，文学院×××请准备。”

下一个到我了，我赶紧在脑子里把演讲稿过了一遍，僵直地上台。刚开始一切还在掌控之中，我按照练习时的状态，该怎么说就怎么说。评委席上的外教在微笑，英语老师也点点头。

忽然，说到一半卡壳了。我赶紧笑了一下，重复一遍上一句，希望靠惯性接出下一句。

但我头脑里一片空白，就这样，我在追光灯下停顿了大概十几秒。

外教还在微笑，老师也在微笑。我却笑不出来了。

下一句到底是什么啊？内心一片空白又天翻地覆，就是想不起来。我尴尬地笑着，顺着意思用自己的话把后半部分翻译了一遍，磕磕绊绊地结束了。以前从来没出现过这种情况，在我的“比赛生涯”中，这大概是最糟糕的一次了，可能是因为对方太厉害了，超出我的预期，于是还没开始就先慌了神。

我这个人以前其实脸皮很薄，总是想给人留一个好印象，所以遇事反复思量，不做自己没有把握的事情，可是这次经历完完全全颠覆了我一贯的策略。好在第二个环节时豁出去了，还大方地和评委开了一个玩笑，分数拉回来一些。最后结果不够好，但也没有那么糟。

和我一起参赛的同学在各自学院里英语也是很不错的，这次来了个“集体丢脸”，不过却结下了深厚的“革命友谊”：用这次“耻辱”相互勉励，以后要更加用心地学习，毕竟人外有人。而那个事先弃权的同学，的确规避了一次“丢脸”的尴尬局面，但他失去了什么，他也不会知道了。

很多时候，尝试不意味着非赢即输，挑战一下自己，看看自己在什么水平，还可以看看厉害的人能厉害到什么程度。如果生活中的一切都用输赢判决，每个人的喜怒哀乐就都太沉重了，反倒不如把一切都当作经历。

见得多了，人就不容易故步自封，不会把一点点小成绩当谈资。

当你想要去试试，但是又害怕自己做不好时，告诉自己：“我只是想挑战一下自己，和输赢没有关系。”脸皮太薄的人输不起，也只能错过很多宝贵的经历。

“机会就一次，过了就没有了。”

有个女孩子私信我：“开学的时候班上竞选班委，我很想去试试，因为我想让自己忙一些，和大家多接触一下，交一些朋友，可是我真的不敢站到台上去，因为是投票制，我觉得自己存在感太低，自己的票数太低……”

我问她：“那你最后上台了吗？”

她说：“没有。后来也没有换过班干部，鼓起勇气也没机会了。”

英语课上老师提问，大家基本都保持沉默，让年轻又热情的英语老师略显尴尬。有几次我真的很想举手回答，但始终还是抬不起手。一是怕自己答错了；二是觉得，忽然打破大家的沉默，实在太突兀，而且别人都不说话，就我一人如此积极，怪怪的。

如今想想，积极回答问题有什么错呢？只是不敢和大家不一致，当所有人都保持沉默的时候，好像多说一句都是犯错。

有些时候，沉默是金，有些时候，沉默是浪费光阴。很多机会只有一次，在你犹豫的时候，它已经没有了。

吴晓波老师在他的随笔集里写：“大学像是一个真空状态，当一个思想自由的读书人似乎是容易的，你对社会无所求，社会对你亦无所扰。”

这样的状态为时不多，为什么不多去尝试一下呢？大学给了我们相当多的自由，让我们可以抛弃原来的种种标签，重新成为一个新的人。

每个人都是一个难解的谜题，别人猜不透。通过行走，通过交流，通过经历和阅读，通过和世间万物发生微妙又神奇的联系，我们才渐渐了解自己的内心。

人并不都真正了解自己，不是对着镜子就能看到真实的自己，很多时候，在一些特殊的情境中，我们才会显现出自己本来的面目。很多人终其一生都不知道自己究竟是谁，擅长什么，喜欢什么，爱哪一个人。

尝试，是为了找到属于你自己的答案，而尝试，是要冒着丢脸的风险的。

“厚脸皮”有时候并不是一件坏事，不要总把它当成贬义词。相反，它代表一种不怕丢脸、敢于尝试、积极向前的勇气，和一颗永远“耐磨”的心。

/
/
/

每个人都是一个难解的谜题，
别人猜不透。

世界熙熙攘攘，而你不动声色

///

我是一个很在意别人看法和评价的人，曾经有一段时间，我困在别人的目光和指点里走不出去。那些嘈杂的纷扰，如同纠缠的锋利荆棘，漫布在我生活的各个角落，刺得我生疼。

长辈和我说过一句话：“无论是赞美还是损贬，你只需要听百分之五十。因为有的好话可能别有用心，有的贬低可能只是情绪的溃口。”

在群体中，每个人都会是“评价”或者“议论”的承受者，即使你三缄其口，对你的议论也不会完全消失。

佛学里有个词叫“观照”，就是当一件事情发生的时候，看透它的缘起和走向。想想别人对你的攻击，大多数的时候，回击是没有任何意义的；而如果深究别人的用心，说不定会发现很多人性的阴暗面，很多张扬的攻击背后可能是非常卑微的心理。

生活偶尔会像一场倾盆而下的大雨，浇得你透心寒冷，但总有些人始终冒雨前行。那些人热力十足，他们的快乐和正能量都不是与生俱来的，只是把泼在身上的冷水蒸发干净了。

高中，隔壁班有个皮肤黑黑的姑娘，我和她小学便是同学，但初中高中同校不同班，久而久之也生疏起来，见面打个招呼的交情。

她长得有些胖，嗓门很大，声音也有些奇怪，要是大声说起话来，绝对是排山倒海的阵势。

但是在我的记忆里，她好像常常是保持沉默的。

高中是寄宿制，十七八岁的女孩子们生活在一起，整天叽叽喳喳黏黏腻腻，恨不得上个厕所也要结伴而行。她并不住宿舍，总是行色匆匆，下了课就从教室消失了。大家说起她，常常会皱眉头：“她啊，不太合群，长那么胖，声音还奇怪。”

很长一段时间，我没有注意过她。只是有一次去离教学楼很远的教职工宿舍找班主任交作业，路过一间小小的琴房，发现了她和她的秘密。

那是属于她一个人的，隔绝世界喧嚣的小角落。

她竟然在唱歌，还是美声唱法，偶尔会带些花腔，流畅又深情。她闭着眼睛，并没有意识到有人发现了她。我从来没想到这个大嗓门的姑娘还能唱出如此动听的歌声，就像明星一样。那一瞬间，我发现她其实很有魅力，和同学们闲言碎语中说的不一样。

我悄悄潜入她的世界，有意无意地和她搭话，她也很热情，和我分享喜欢的俄罗斯电影，给我看她写的小说和画的画。她其实是个很有才华的姑娘，学习俄语、钢琴、美声；自己写小说，那些语句细腻，可是总带着一些凛冽之感，她笔下的主人公大多是被抛弃的小女孩，或者向未知的目的地奔波的流浪少年，让人看着会有些心疼。

原来她很热情也很可爱，不是那种不愿意接近大家的人，也不是大家口中声音难听的“怪物”，只是她觉得人群带花又带刺，为了不弄疼自己，于是她连花也不要了。

我无意中和她说起听到她唱歌那件事情，她很惊讶，犹豫了很久告诉我，她小的时候就学唱歌，长得也苗条，但是小学毕业的时候生了病，吃了太多药，激素过多，身体发胖得严重，嗓子也坏了，为了继续唱歌，她去学习美声，换另外一种发声方法继续梦想。

那一瞬间，所有的闲言碎语都无关紧要。

用沉默去抵御流言是一件多需要勇气的事情啊。她并没有尖锐地反击，也没有自怨自艾，而是继续做着她觉得对的事情，继续朝着她想要的未来前行。

我忽然想到一句话：“不气馁，有召唤，爱自由。”

她毕业后考到了北京，如愿以偿学习俄语，再后来听说她去俄罗斯留学了。

已经几年没见到她了，前段时间同学聚会，有人无意中提起过去那个胖胖的大嗓门姑娘，大家都记得她的外号，思索了很久才想起她的名字。与她还有联系的同学给我们看了她在俄罗斯的照片，大家都唏嘘不已："其实她瘦下来还挺漂亮的，人也挺好的。"

她没有亲耳听到这迟来的赞赏，不过她也不需要，因为那个姑娘早就悄悄地接受了一切，让自己变成了不为他人而绽放的花。

在才华和内心的热情都被外表的平凡包裹起来的时候，她一定也承受了旁人不能理解的孤独，但她静静地把自己裹成一个茧，在黑暗里面小心等待破茧成蝶。

这世界真的不够公平啊。有些人的成长像是治玉，在家庭的呵护和朋友的陪伴下慢慢打磨得成熟温润；有些人的成长则像是打铁，生命在某个瞬间忽然烧得通红，然后捶捶打打，冷水一浇，就变得坚硬无比。

后一种成长看似疼痛，但这铠甲始终坚硬，让人在那些孤立无援的时刻，也能挺起胸膛。

村上春树写过："你要做一个不动声色的大人了。不准情绪化，不准偷偷想念，不准回头看。"世界喧嚣嘈杂，人们都在兀自说着做着自己的事情。真正的长大，是明白自己的渺小、无力和孤独，面对那些来自周围不可控的纷扰，并不畏惧，勇敢承受，然后慢慢改变这一切。

抱歉，孤独这件事情好像永远无法消除了

///

好久没有写“孤独”，起初是因为有顾虑，觉得这个词太敏感，就像心口的旧伤未愈，不忍再提。

后来看到一个很妙的解释：“‘孤独’这两个字拆开来看，有孩童，有瓜果，有小犬，有蝴蝶，足以撑起一个盛夏傍晚间的巷子口，人情味十足。稚儿擎瓜柳棚下，细犬逐蝶窄巷中，人间繁华多笑语，惟我空余两鬓风。”

其实也是另外一种喧闹罢了，没什么大不了的。

前些日子收到几条微博的私信，来自一个大一的新生，她说自己和舍友的关系不太好，每天过得提心吊胆，很害怕自己掉队，忽然之间就变成一个人。其实，这样的私信和留言，我收到过很多次，内容也大同小异：宿舍出现矛盾；人际关系出了问题；身在异乡，感到孤独和害怕，不知道该怎么办。

曾经自以为对“孤独”二字深有感触，它仿佛是我的同袍战友，

并肩前行；又仿佛是我的对面敌手，交战几回之后我赢了。每次都觉得自己应该有很多想说的话，可当别人问起如何才能逃离孤独时，却什么都说不出，因为无论说什么都无济于事。

这几天又看蒋勋先生的《孤独六讲》，先生认为，孤独没有什么不好，让孤独变得不好，是因为你害怕孤独："当你被孤独感驱使着去寻找远离孤独的方法时，会处于一种非常可怕的状态，因为无法和自己相处的人，也很难与别人相处，无法和别人相处会让你感觉到巨大的虚无感，会让你告诉自己：'我是孤独的，我是孤独的，我必须打破这种孤独。'你忘记了，想要快速打破孤独的动作，正是造成巨大孤独感的原因。"

踽踽独行的人会孤独，众人相簇的人会孤独；分手的人会孤独，相拥的人也会孤独。那些看起来特别美好完满的画面，或许下一秒，就会被巨大的阴影笼罩。

"你不说话，别人永远都不会搭理你，可是搭理了又会怎么样？自己还是会孤单啊，想到这里就很想哭。"

我想，那个给我发微博私信的小姑娘现在一定特别焦虑，满世界找办法——我该怎么办？有什么方法可以抚平那些起了褶皱的人际关系，暖化舍友之间冰冷的态度，消除那些倍感孤独的时刻？

我好想告诉她：抱歉，孤独这件事情，我们好像永远无法消除了。

我们可以约人吃饭打球，一起逛街看电影，欢歌笑语，排遣无聊，将此刻的寂寞推后；宴会结束，你还是你，一个人。

我们甚至不惜压抑真实想法，换得一个“被人围绕”的角色。那样的你，在人群里好像笑得很开心，却依然怀抱巨大的空虚。

想起某个晚上徘徊在杭州的街头，独自坐上公交车，找到座位，雷声传来，快下雨了。旁边坐的是一个和我年纪差不多的女孩子，长发披肩，齐刘海，穿着深色的风衣外套，戴着耳机，望着窗外。

我低头玩手机。

我们随着公交车的行驶轻微摇晃，她忽然微微颤抖起来，然后哭了。

她抽泣的声音有点大，我抬头悄悄望她，看到一滴眼泪滑到下巴。

可能是发现我在看她，那姑娘低下头，伸手在背包里摸来摸去，然后用袖子去擦眼泪。我忽然意识到她是在找纸巾，于是从包里拿了一包纸递过去。她没说话，接过纸把眼泪擦掉。我什么都没敢问，继续低头玩手机，时不时偷偷瞟她一眼

车子停在杭州汽车西站附近，我下车，她也下了车，跟在我身后说了句“谢谢”。

我吓一跳："你也在这里下车吗？"

"对的。"

四月初的杭州春寒料峭，天上飘起了小雨。她不赶时间，我也没事，于是一起到附近的麦当劳避雨。她点了一杯冰可乐，我点了一杯热红茶，店里人不多，我们靠窗坐着，第一次看清了彼此的样子。

她长着一张南方女孩子的脸，小鼻子，小嘴巴，眼睛不大但是黑亮，整个人的气质温温软软的。我没问她的名字，只是知道她年纪和我差不多，在杭州的一所职业学校学服装制作，周末出去打工，在工厂里帮人做衣服，刚刚下班。听口音，她不是本地人，似乎来自四川那边。

她问我去哪儿，我说我等人，她说不知道自己该去哪儿。

"你刚才为什么哭？"我忽然想起刚才的事。

"我本来要去找我男朋友，他待会儿来西站接我，但是我不想见他。"

"吵架了吗？"

"没有，他对我很好，今天打算带我回家和他爸妈吃饭，但我不想去。"

那个男生是她在打工的时候认识的，大她两岁，高中毕业就出来赚钱了，自从在工厂遇见她，就死缠烂打地追，直到她招架不住，成了他女朋友。

她说学校同宿舍的女生爱抽烟，还爱去夜店，有时候叫她一起去，她不愿意，久而久之就被排挤，甚至被讽刺挖苦“装纯洁”。

为了逃避那些让自己难受的时刻，她在外面找了个兼职，每天早出晚归。男朋友知道了她的处境，拼命打工攒钱，在便宜的地段租了房，两人一起搬了出来。

她应该是个想认认真真过日子的老实人，我猜。

她说她的男朋友是真的好，可是她不喜欢，确切来说，不是真的那么喜欢。接受他，可能是因为在那段难熬的日子里，只有他会陪着她，什么都听她的。

“那时候刚上大学，以前从没出过远门，一下子到了离家那么远的地方，离所有人都远了，觉得好怕。”

身在异地的年轻女孩子，觉得整个人就像飘浮起来的羽毛，不知道能在哪里歇脚。因为不知道该怎么办，所以任何一个怀抱都可以成为救命稻草。

“那你打算离开他吗？”

“比起每天孤单一个人，我宁愿和他在一起。”她关上手机，轻轻地说。

“宁愿”这个词露出了端倪，可能那个人不是最优解，这样的在一起，是一种勉强。

我忽然间不知道该说些什么，她打破了沉默，问我：“你等的人还没来吗？”

我苦笑：“本来今天和男朋友约好了见面，但是他误车了，又没票了，只能明天来。”

她有些心疼地打量我：“这样啊，那你一个人没关系吗？”

我笑笑：“没关系的。”

雨越下越大，她从包里拿出伞：“我要走了，他在等我。”我说：“那我也走吧，我住的酒店就在这附近。”

说了再见，我们走向不同的方向，没问名字，也没留联系方式。

这件事情我好像和谁都没说过，也不知道我能不能再次遇见她。我记得最清楚的，是那个晚上我们走的时候，她湿了一半的帆布鞋，我剩下的那杯凉透了的红茶。

我和她都觉得很孤独，我孤独是因为计划有变，该来的人没有来；她孤独是因为有人在等她，她却不是那么需要那份等待。

两个在街上相遇的陌生人，彼此心中各怀孤独，无法排遣。

什么是不孤独？身在人群中就是吗？有人陪就是吗？被人惦记就是吗？

我们为什么会内心不安？这颗心明明就长在自己身上啊。

因为被寂寞追赶，想要逃离，虽然心是自己的，却一直向外追寻，想要找到可以依靠的人或者群体，缘木求鱼，反而慌张。

生活中要学会的一项重要能力是，与自己独处，以平和的心态面对孤独，它不可耻，也不罪恶，不低人一等，也不意味着不幸福。

“逃”太被动，当你被巨大的空虚追赶，被那种不被人认同的感觉追赶，越是焦虑的时候，越应该清醒一点：我到底在怕什么？我可以做什么才能让自己回到正轨？

给我发私信的姑娘最后问了我一个问题：“那你现在上课的时候，身边坐的是你最好的朋友吗？”

一下子问得我有点发懵，又觉得凄凉，因为我有时候都不知道哪些才是我最好的朋友。于是我这样回答她：“我不刻意要求我的好朋友坐在我的身边，我身边坐的同学也常常不同，但是我希望每一个坐在我身边的人，都有可能成为我未来的好朋友。”

我们见识到的世界，永远比过去要复杂，那就意味着我们无法用过去与人相处的策略和解决问题的方法来处理现在和周遭一切的关系。

外界从来不会主动来适应你，想要和谐，只能你去慢慢适应，或者去改变。

孤独，永远都不是可以逃离的啊，你来来去去，它都不会消失，就像影子一样，摆脱不得，却能平静共处。

我和我的孤独相处得很好，她像个沉默久居的房客，赖在我的生活里不愿离开，她大多数时间里不打扰我，可是等周围人散开后，她会来找我。只剩下我和她独处的时候，我们一起看看书，听听音乐，在深秋潮湿的弥漫着桂花香味的校园里行走，或者在天台上发一会儿呆。

没有人看到她，可是她一直在我身边，在成长的过程中我渐渐接纳了她，并且把她认定为我生命的一部分。我觉得其实也挺幸福的。

/ / /

孤独，
永远都不是可以逃离的啊，
你来来去去，它都不会消失，
就像影子一样，摆脱不得，
却能平静共处。

有自己的小确幸，很柔软，又很硬气

///

我和学姐去上海参加比赛，住在快捷酒店，两人拼一张大床。

学姐大我一届，是我在学校电台的“师父”。我们是老乡，初次见她是在学校电台的直播间，隔着玻璃，我看到正戴着耳机对着麦克风播音的她。

为什么会有人说话的声音这么好听啊，就像初秋温柔小雨落在燥热的心上，一片潮湿。

如果和一个人初次见面就有莫名的好感，那么在往后的日子里我应该会愿意主动走向对方。

平时在学校里见面不多，路上匆匆遇到，我会主动和她打招呼，她也会回应一声甜甜的“嗨”，再叫我的名字。她一个人的时候，总是面无表情行色匆匆；如果和朋友走在一起，她的脸上会带着浅浅的笑。

妈妈时常给我寄桂林的米粉或者云片糕，我会想着留一份送到她寝室楼下，夹张便笺，写上她的名字，觉得哪里有些别扭，索性再加上“学姐”二字。

她大概对此不太习惯吧，觉得带些敬意，有些生分。

可我的世界里，“学姐”从不是一个清淡角色，那些年纪比我稍大一些、阅历比我丰富的美好姑娘们，多多少少承载着我对于未来的种种幻想，她们是我舍不得以外号相称的人。

在我这里，这个后缀恰恰不是带着距离感的生分，而是一种珍视的喜欢。

她常常素颜，一般只有在上台或者重要的场合才会化妆，用恰到好处不张扬的红。她声音好听，唱歌或者播音都如此，不能轻易让她碰到麦克风，不然旁人的耳朵会醉的。

她脸上常常带着一些疲倦，因为熬夜剪片子、写东西，栗子色的长发里竟然有了几根白头发。

她穿着很休闲，素白色的毛衣，里面搭着浅蓝衬衣，修身的破洞牛仔裤和棕色镂空皮鞋，戴着圆框眼镜，偶尔会戴一顶渔夫帽。

她谨慎又贴心，说话语气让人感到舒适，并不是那种会哗众取宠的人。情绪控制得很好，大部分时间很乖，却又隐隐带着些不安分。

她会在让她感到舒适的状态下唱唱跳跳，像个小姑娘；也会在一些无须多言的场合适当保持沉默。

她在我心中是个很特别的存在。有很多人说我们在节目中的声音很像，我嘴上质疑着："有吗？"心里会偷笑："好像真的有点哦。"

我一直以为她是一个成熟的个体，足够坚强也足够有能力抵挡一切，毕竟在学校里，她很优秀，也很低调。但是那几天她有点睡不着，她告诉我："明天要面试，我好紧张。"

备赛的那几天，吃过晚饭，我们一起牵着手走在上海寒冷的街头，互相往对方口里倒跳跳糖。她忽然挽住我的手，我心中咯噔一下，继而涌起甜蜜的喜悦："我好像和她更近了一些"。也说不清为什么有这种特殊的依恋感，觉得挽住我的这个人就像我的姐姐，或者，熟悉很久的朋友。

她的手机坏了，打算换个苹果手机，问我哪个好。我说新款还不错，她查了一下觉得太贵了："算了，现在也不太想问家里要钱了，都这么大了，这些都是自己应该考虑的事情。"我们到南京东路的苹果店买了一个旧款手机，然后在地下商场吃了一碗粉，因为菜单上写着"桂林米粉"。她把那一碗吃完了，我只吃下了一半。

晚上，她在酒店里和她的小侄女视频，那是她姐姐的孩子，两岁左右。她趴在床上，对着小侄女傻笑，像个更小的孩子一样撒起娇来："元元，元元你怎么不叫姨姨。"我在一旁挂衣服，着实吓了一跳，原来她还会撒娇。

她比我认识的很多人都要纯粹而真实。她会顾虑很多，心思很重，可是面对家人的时候，是那么的单纯可爱。

和她在一起的感觉很舒服，说不清为什么，大概是，我觉得一个女孩子生活于这种状态，有种说不出的可爱——

开始正视生活本身，收起野心和物欲，开始试探自己和生活交手时到底有几斤几两。

开始常常关心家人，不再敷衍式地嘘寒问暖，而是放在心底时不时地惦念，渐渐有了责任感，学着为家庭分担一些重担。

开始明白钱是辛苦赚来的，不能随便花，不能再是那个无所顾虑的小女孩，站在橱窗前眼巴巴望着新玩具：“不行，我就要。”

开始有些慌张却又平静地接受未来的生活，始终对明天怀着无比的憧憬。

有很多像她这样的年轻人，走在街上，静悄悄的，不求张扬，甚至还想被淹没在人海中；不在意别人的眼光，也懒得去迎合讨好谁，对自己的小生活有着比较翔实而清晰的计划，虽然有些紧张啊，但是觉得自己可以做到；白天全身心地投入到自己的工作中，认真负责，晚上把自己最可爱的一面留给最在乎的人，认真地卸妆、洗澡、入睡，平静地接受所有不平静。

往前走吧，你会遇到那个“如果全世界都对你恶语相加，他也会对你说上一世情话”的男人，会找到一份让你觉得自己也变得特别酷的工作，会去一个当地人说话温暖客气、风景自带滤镜的美丽岛屿，会有平静又丰富的一生，会有很多很多的小确幸。

你越来越好，会活得很柔软，又很硬气。

我们俗不可耐，我们如此可爱

///

很小的时候，妈妈和我说：“我希望你独立一点，通过自己的努力，让自己的生活好一些，想去哪儿就去哪儿，喜欢做什么就做什么，活得开心又潇洒。”

“有钱，任性”是她对我的期许。

严肃点说就是，你要经济独立，想要的东西自己买给自己；你要思想独立，追你的男孩子再多，也不会随便跟别人跑了。

我身边有很多女孩子很会赚钱，她们比我早一步懂得精打细算，把自己收拾得妥妥帖帖。可能对于她们而言，钱不仅是拿来买衣服包包化妆品的，还是走向自由的阶梯。

正在上大学的桃子下定决心要为自己攒一笔钱。特别是当她假期和朋友去日本自由行之后，觉得那种把自己抛到没有人认识的地方的感觉实在太棒，所以，她想要更多这样的体验。

她每月都做很多额外的工作。除了好好学习做个世俗意义上的好学生，她还在帮杂志写稿子，和编辑们斗智斗勇，搞得像是家道中落，赚钱帮家里还债的落魄小姐。她也不是真的缺钱吧——桃子的妈妈去国外工作了，但每月生活费会按时到账；平时开销也不是很大。但是她好像爱上了攒钱，一边努力完成学业，一边到处赶场，把自己搞得很累。

有次我问她：“你这架势……不会是要挣钱买房吧？”

电话那边大笑：“我连一平方米都买不起啊，也不想那么早就做个房奴。我在给自己的毕业旅行攒一笔钱，去美国看我妈，说走就走。”

桃子有个交往了几年的男朋友，正正经经的理科生，踏踏实实的IT男，把未来规划得相当简单。他很心疼每天熬夜写稿子的桃子：“你就不要那么辛苦了吧，我可以养你啊。”敲打着键盘的手忽然迟疑了一下，桃子抬头望着他傻笑：“好啊。”随即目光又回到写到一半的句子上，她悄悄在心里盘算着更大的计划。

朋友说她“作死”：“你那么累干什么，毕业回家早点结婚生孩子不好吗？女孩子真的不应该那么辛苦，就应该被宠着。”桃子心想自己这颗心早就开始作了，谈了恋爱之后更是如此。可能是因为生长在离异家庭，也见多了结婚又离婚的夫妻，所以这么多年来她始终无法完全相信爱情。爱一个人的时候时常会有种将要失去的错觉，对方对她再好，她也不愿意将男朋友当作一张短期或者长期的饭票。

桃子常常在深夜给我打电话，她总是爱在那个时候到楼下晃来晃去，喝速溶的咖啡，然后很矫情地告诉我，或许她这辈子都难以在爱情里找到绝对的安全感了，又或者说，她没想过依靠爱情。

有些女孩子就是这样子，天生就不那么相信来自其他人平白无故的好处。她们不愿意过多麻烦别人，相信努力赚来的薪水、真正学到手的本领和阅读后积累的知识，那些东西好像摸不到，却不会骗自己。

她过得并不是那么轻松，却也还好，和二十几岁的大学女生没有什么不同。她很要强，也相当自卑。有时候我觉得她比我成熟得多，但也有时候她告诉我最近的生活被处理得一团糟。她时常脆弱敏感，她时常绝对理性。

她从来没有把未来寄托在嫁一个有钱的老公身上，也不想做任何人的附属品。她觉得自己用自己赚来的钱很好，清清白白，潇潇洒洒，这是自己对自己的宠爱，与其他人无关。

就算别人已经给了她很多很多爱，她还是觉得，自己是个心气多高的人啊，想要每天吃美味的食物，穿漂亮的衣服，不用担忧未来，活得浪漫又坚韧——这些，都要自己去实现。

我和桃子很久没见了，自从高中毕业之后，就生活在两个地方。

我时常想起她，看她写的东西，从她的朋友圈里看她近来的生活。她好像长胖了一点，笑起来的时候多了些年轻女人的成熟与妩媚，她把头发留长了，像猫一样柔软。

她有时候会问我："维安，你说，我这样子会不会太现实了？"

我说："是啊，你变得现实了，你这个俗不可耐又作死的女人。"

她大笑："有种你别存钱。"

刚和她打完电话，我给自己办了几张银行卡，每到月末的时候，我会算一笔账，扣除一些零用钱，将固定数额的钱小心存好。看着那些钱从三位数，到四位数，一直往上涨，就像逐渐升高的海平面，水溢出来没过了围栏，自己是一艘小船，将要开出去了。

我也不知道写这篇文章的时候为什么忽然会想到桃子，想到这个我认识了很多年的老朋友。可能是最近我在照镜子的时候，发现我和桃子长得越来越像了吧。只不过她永远是比我更酷的那个。

当我们还是小女孩的时候，我们爱花，爱洋娃娃，爱那些代表着美好的事物。

我们长成年轻女人的时候，开始爱钱，爱男人，爱这个不公平又有些冰冷的社会，也仍然爱那些代表着美好的事物。

我对自己的人生有很多允诺，比如坐在图书馆五楼写东西写到再也写不出一个字时，看看西边下沉的云彩，告诉自己，我要在某一个时刻，去到某一个地方，不要人跟着，专程去看云彩。

无关孤独。这些仪式感都是自己给自己创造的，因为有时候生活太无趣了，必须想着办法讨好自己，和自己玩。

忽然又想到沈复写陈芸“拔钗沽酒，不动声色”的样子。我们都渴望有这样的潇洒，不用拔钗，也无须良人相伴，就这样放歌于野，行游于市。良辰美景，不轻放过。

我们俗不可耐，我们如此可爱。

爱这个有些冰冷的社会，

也爱那些代表着美好的事物。

/ / /

你不要去学坏，你可以不太乖

///

和表哥一起到外婆家吃饭，几个月未见，老人家一看到我们回来就忙里忙外。我给她买了件羊毛衫，穿着合身，她高兴得不得了。本以为是因为喜欢衣服，后来她把一柜子基本没穿过的漂亮衣服一件一件展示给我们看，才明白令老人欢喜的不是衣服，而是屋里的热闹。

她说："今天你们都回来了，我特别开心。漂亮的衣服是很多，穿给谁看呢？"

每当这个时候，我就会心生愧疚，自从去外地读书，离爸妈很远，与家中老人见面的机会更有限。

在学校给外婆打电话，说起近日学习生活的情况，向来是报喜不报忧的——拿了什么奖，哪本杂志刊登了我的文章，攒了多少钱，这些逐一汇报；颈椎疼了，没睡好，心情不好，这些不说也罢。心想着，哪怕给外婆营造出一种外孙女在外事事顺利的假象也是好的。

她常对我说："你们这辈三个小孩，你是跑得最远的那一个。你还可以走得远一些，不要觉得是个姑娘家就早早地想着稳定，我是开明的人，不会想把你们都绑在身边。”

老人家倒是与时俱进，思想很前卫：“出去多闯一闯，女孩子不要老待在家里。”

仔细想想，我从小就不是被当成一个“女儿”来期待的，不曾享受过太多“小公主”的生活。很小的时候，我妈给我买文具，我拿着两个花色不同的笔盒对比着看了半天，始终决定不下来，眼巴巴地望着她：“你觉得哪个好看？”

“你自己决定。”

“我不知道。”

“那你再想想，我等你想好。”

我妈总是很愿意在我身上“浪费时间”，把时间耗在“选红色还是蓝色”上。多年之后她解释：“你小时候真的很没有主见啊，所以非要让你学会自己选择。”

小时候去肯德基吃东西，不论是问服务生要番茄酱还是要纸巾，妈妈从来都是让我自己去。哪怕只是一句话的事，也一定要借此机会锻炼我学会和陌生人说话。

大概是从那时候开始吧，知道世界上大大小小的事情都要靠自己，几岁的时候可以在踮起脚才能够到的柜台前问服务生要一张纸巾，大了才敢面对一排评委面不改色心不跳地阐述观点；小的时候学会在两个漂亮的笔盒中选择其一，长大了才懂得怎么样在两个男生中选择最喜欢的。

从不觉得因为自己是一个女孩子就失去了多少权利，多了多少义务。我愿意相信这个社会给女人的尊重会越来越多，至少我会为自己争取更多更多。

曾经想，如果我有一个女儿，我一定教她良好的礼仪，却不会给她太多条框“规矩”。

我希望她成为一个丰富而迷人的姑娘，这种气质是教不会的，是一种心气和性格的附属品，是眼界、内涵的叠加，是独一无二的。

我不要她堕落、消极、自我欺骗，我也不希望她无趣、随波逐流、媚俗而廉价、对这个世界唯命是从。

她是如此珍贵而可爱，她值得所有美好的人或者事物。

王菲给自己的大女儿窦靖童写了一首《童》，里面有一句歌词是：“你带着一身明媚，离开我温暖的堡垒……你不能去学坏，你可以不太乖。”

这是一个超酷的妈妈对女儿的期许。

事实证明，这个在音乐圈里被期待的女孩子自在地生长，并没有辜负妈妈对她的期待，于是这世界上有一种高冷的温柔叫窦靖童。

并没有听过王菲很多首歌，却意外地钟情于窦靖童的声音。她们都很酷，虽说血缘一脉相承，但各有各的酷。

这个二十岁的女孩在乐坛的期待中长大，也是人们喜欢谈论的话题——她是天后的女儿，是一个标准的“星二代”，她的名气都是天生的，她仿佛是被预先塑造好的形象。

她变得越来越红，却并不源于她是谁的女儿，带着谁的光环，她本身的才华和气质就足以支撑她所拥有的一切。她不是王菲2.0，她不是窦唯2.0，也不是王菲窦唯mix版本，她就是她自己。

看过一段窦靖童的采访，礼貌，谦虚，又不失想法，对于音乐的灵气与生俱来，后天又多加打磨。她抽烟，文身，把头发染成各种各样的颜色，却没有如外界预想的那般冷而带刺。她去咖啡店打工，抱着妹妹宠溺地笑。那种酷是平易近人的，自然而然的，让人感到舒适的。

那种低调的锋芒，掩藏又自然的骄傲，是一种“成熟的任性”，“自己为自己塑造的样子”，是不为外界造成麻烦的自我坚持。

她的笑里有些腼腆，解释道：“从小就蛮乖的，没有怎么叛逆过，为了叛逆而叛逆，在我看来是挺傻的事情。”

和外界的猜测相去甚远。

她并没有学坏，好像也不太乖，但是真的蛮酷的。

曾经有读者给我留言：“我以前就是那种抽烟喝酒又打架的女孩，

有过很多个自以为酷的男朋友。那个时候觉得做这些事情特潇洒，也不是为了什么，只是想和别人不一样。现在回想起来觉得蛮幼稚的。”

她说，我喜欢现在这个自己，不追求“表面上的酷”，真正的酷应该在内心。她把头发颜色染回来了，戒了烟，不再去酒吧，也不再和社会青年混在一起，有时候早早起床和同学去图书馆看书、背单词，错过的那些单纯的学习时光终于补回来了。

酷是一种自觉和妥帖，是一种内在的稳固。

以前我总觉得“乖”是一个褒义词，是优秀女孩子标配的气质。后来才发现传统意义上的“乖”于这个时代其实是有些落伍的：这个“乖”不是单纯地听父母的话，听前辈的话，而是顺着大多数人的意，满足大多数人所谓的“正确”——

“乖”于“铁饭碗”的安稳，“乖”于金钱至上的社交关系，“乖”于一份稳定却不够爱的感情，“乖”于得过且过的日常。

现代的年轻女孩子，应该学着长成她们自己想要的样子：是独立的，是思路清晰的，是有主见的，是幽默而爽朗的，是富有创造力的，是不屑于学坏的，是不太乖的，甚至有那么一点点小野心暴露其中。

是能享受得起最好的，也能承担得起最坏的。

这些话，写在我二十岁的最后一天。

送给我，也送给你们。

我们能享受得起最好的，
也能承担得起最坏的。

你 不 要 去 学 坏 ，

/
/
/

你　可　以　不　太　乖　。

/
/
/

我 们 的 年 轻
，
柔软而硬气

肆 Part 4

你本来就是孤品，何必活得像个爆款

在大学，孤独是一种常态

///

前几天，一个班上的同学私信我，说了她的困惑："在大学里，虽然一个人也挺自由，但是总觉得自己没有一个很贴心的朋友，感到很孤独。"她一直都不想伪装，不想有那种刻意拉拢朋友的举动，但是看到其他人结伴而行也很羡慕："为什么他们就能轻而易举地找到知心朋友呢？"

这样的困惑，我大一的时候也经历过。

起初宿舍关系还不错，军训时四个人整天黏在一块，除了每日训练，闲暇时一起看电影、购物、吃饭、聊天，非常开心。军训结束，大学生活正式开始，各社团也陆续展开招新，从小就积极参加各种活动的我报名了很多学生组织和社团，幸运地通过了面试，开始了忙碌的生活。

随着学校社团的事务越来越多，加之自己又参加了很多有趣的活动，于是每天下晚自习后我不能再和舍友一起回宿舍，而是去图书馆看书、写策划。后来在忙碌中渐渐意识到时间的可贵以及自身能力的不足，于是更有意待在图书馆里和自己“死磕”。

一段时间过后，宿舍四人之间关系变得有些微妙，我觉得怪怪的，也生分了不少。想着是不是因为自己太忙而忽视了她们，于是时不时邀请她们一起去吃饭、买东西，也在宿舍闲聊的时候插几句嘴，和她们一起大笑。我很想再次融入集体的生活，可是不知道为什么，心里有些接受不了晚自习后无尽的电视剧和游戏，接受不了没有计划的生活和没有目标的状态。

我拿着比赛获得的奖状回到宿舍，面对的却是三张冷漠的脸，于是下一次拿到奖杯的时候，我在进门前小心放进包里，只字不提。后来大家的话越来越少，沉默像是一个黑洞，经常让我在夜里失眠。我写了长长的信，检讨自己忙得忽视了舍友，没处理好与大家的关系。

等来的是两个人的无动于衷和一个人背地里的冷嘲热讽。

这样的关系消耗着我对于大学人际交往的好感，很长一段时间里，我发全班作业时，甚至不敢看同学们的眼睛。我觉得我是一个很失败的人，我造成了这一切。

一个傍晚，我回到宿舍，只有一个舍友在，她准备出门，走之前冷冷地看了一眼整理东西的我，“啪”的一声把灯关掉，然后匆匆离开。我一个人在黑暗中愣住了，在此之前，我几乎没有和谁吵过架，也很少闹矛盾。

奇怪的是，我并没有很气愤。我默默打开灯，内心的一个盲区也豁然开朗了。我没有错，她们也没有错，只是大家的选择不一样，所以不可能回到过去了，也没必要回到过去。

我的心告诉我，不应该强迫自己去迎合他人的价值观和生活习惯，我们来自不同地方，有着各自不为人知的过去。因此我们的价值观并不能忍受任何一种将就。

不合群是一回事，不将就是另一回事。

所有的结果都是自己造成的，不管好的坏的，都是我们的选择经过时间发酵出来的。从那之后，我不再允许自己为这份吃力不讨好的关系纠结难受，我认为只要做好自己，并且维持基本的尊重就可以了。

后来我拥有了很多合拍的朋友，我们大部分时间各自忙碌，闲暇时聚在一起吃饭聊天。朋友间最好的状态，应该就像恋人间最好的状态一样：给予对方足够自我独处和提高的时间与空间，然后在忙碌过后，共同分享进步的欣喜。

我经常在图书馆遇见一个同学院的女孩子，她总是素面朝天，抱着一大摞雅思课本踽踽独行，脸上带着淡漠的表情。我几乎没看见过她和其他人一起走。

“应该是个比较严肃内向的女生吧。”我在心里想着。

我其实是认识她的。在一次英语表演赛上，我们是竞争对手，她演的是《破产姐妹》里的Max。我真的不知道貌不惊人的她原来能够说如此流利而有表现力的英语，声音清澈而响亮，唱起歌来也让人惊艳，我打心眼儿里觉得她比我更棒。

后来在学校转专业考试时我又看到了她，那次她少见地穿了一条很美的白裙子，和平时简单休闲的打扮判若两人。从她头上细细密密的汗珠，我知道，她一定是拼尽全力的。

结果很意外，我以为总是考第一名的她可以顺利转走，没想到结果出来让人惋惜。早就听说她想换一个更喜欢的专业，她是那么努力，但是事与愿违。

转专业考试后的她更加沉默，常常一个人在自习室里啃着面包背单词，抱着一大摞书从宿舍到图书馆，小小身影在路灯下更显单薄。她虽然总是一人独行，可是我觉得她的努力和认真抵得过千军万马。

后来她出国了，听她的舍友说她过得很好，她很喜欢现在的生活。我由衷地为她感到高兴，因为她是知道自己想要什么的女孩子，为自己的未来做出选择并且一直努力。

她值得拥有更好的生活。

我常常是最后离开图书馆的那几个人之一，我知道各个书库和教室的关灯与开门时间。我并不觉得自己的努力多么了不起，也并不是想炫耀这件事情有多么酷。而是想说，在大学里，孤独是一种常态。我不喜欢人们为“孤独”赋予的任何贬义的情愫，也无感于“优秀的人都是孤独的”之类的自我安慰。孤独并不是一种被动的结果，而是一种主动的选择，是对自己所追求的事物的一种尊重与坚持。

我很满意如今忙碌却充实、充满刺激挑战的生活。虽然有时候累到想哭，但是仍然真真切切地感到自己在活着，在向上拔节。我有很多知心而能力相当的朋友，有自己的网络电台，有自己的写作平台，有一些闲暇的属于自己的时间。我能够在每天早上起来，收到来自陌生人的祝福或他们的困惑，我很开心我能够帮他们解决一些小问题，成为他们口中的“让人感到心安的维安”。

如今，我还是常常一个人去上课，去图书馆，去操场听歌跑步；也常常在周末和朋友去拍照，去看电影，去花树下喝梅子酒，一起开怀大笑。

我依然爱着刘瑜的这句：“人要让自己活得像一支军队，对自己的大脑和心灵招兵买马。”

一个人的时候会更加清醒，击倒盲目。

我感激这份孤独让我在这嘈杂热闹、光怪陆离的大学海洋里，开辟了自己安静平和的一席之地。我把自己置身于这个叫“我”的孤独小岛上，仰望漫天星光，感受世间万物令人沉醉的美。我很感谢自己拥有了选择的权利，因此有机会跃进那汹涌的人海中去劈波斩浪，也有着私人的休憩之所。

这是我的生活常态，我是自己的国王，也是自己的臣民，我为自己颁布准则，也对自己投以深深的信仰与服从。

在大学，孤独是一种常态，我爱着这种状态，感到既深刻，又自由。

那个总是独自一人吃饭的姑娘

///

听很多人说过一件有意思的事：如果一个人去“海底捞”吃火锅，服务生会在孤独食客的对面放一只小熊娃娃。

一个朋友为了验证这个“传说”的真伪，真的独自一人跑去“海底捞”吃饭。刚坐下来，表示是独自前来，服务生就抱来一只毛茸茸的泰迪熊。邻座的小男孩看到了，嚷着：“为什么她有小熊？我也要！”他的妈妈安慰道：“因为姐姐一个人吃饭很孤独啊，所以小熊来陪她。”

朋友刚刚的好心情顿时消失了，她哭笑不得：“我就不懂了，一个人吃饭为什么就意味着很孤独？”

一个人吃饭，真的很孤独吗？

大概对一些人来说，是的。

我的判断源于有次无意中发现了一个姑娘的秘密。

某个中午饿得不行，跑去食堂的时候正是饭点，食堂里人头攒动，每个窗口前都排着长长的队伍。我选了一条相对人少的队伍跟上去，一边听歌一边伸头去瞧今天有什么菜。

日本豆腐、炒莲藕、糖醋里脊……当我确定好今天的“菜单”，眼光收回来的时候，恰好瞄到了前排女孩子的手机。她个子小小，头发披肩，塞着耳机，低头专心地看着韩剧，是《蓝色大海的传说》。我在她后边有一眼没一眼地瞟着剧情。

满屏幕都是全智贤和李敏镐的脸。看着看着，手机屏幕忽然一黑，她左右按了按键，都没有反应。

应该是手机没电了。

她随即把耳机和手机塞进口袋，开始点菜，而我也把目光收回，如愿点了日本豆腐、炒莲藕和糖醋里脊。

你知道的，食堂是学校里学生密集的地方，嘈杂，拥挤，热火朝天。这里的餐桌都是一张桌子配四把椅子，通常情况，一个宿舍的四个人刚好坐满，笑笑闹闹；三个人，一人对着两个人聊，气氛也刚好；两个人面对面，哪怕只占了桌子的一半，场面依然很和谐。

可是，如果只有一个人，就显得有些怪怪的了，就像蜷缩在角落的小动物。

食堂的左侧有着巨大的落地玻璃窗，落地窗旁的桌子看起来和其他桌子并没有什么不同，可放眼望去，人群到了这一块地方就变得稀疏，仿佛心照不宣地认定了这是属于“独自吃饭”的人的区域。

而我是那里的常客，一个人吃饭的时候也会留意到其他的“一个人”们。

那天的食堂人似乎特别多，平日属于一个人的位置也被三三两两地占据，只留下零星的几张桌子。刚才站在我前面的那个女孩子，她端着盘子在我的斜前方的空位坐下。开始我并未在意，一边吃饭一边刷手机。

不经意地一抬头，发现那个女孩子掏出了自己的手机，放在耳边，像是在打电话的姿势。

我诧异地看着她，看着她的手紧紧地攥着手机，一边大口吃着饭，一边时不时发出几句嘟囔：“是吗？我也觉得……”就像在和人聊天一样。

若不是刚刚亲眼见证了她忽然黑掉的手机屏幕，这个场景看起来并没有什么奇怪。

我忽然觉得很难过，因为我好像发现了一个独自吃饭的姑娘的秘密。她在通过这样的方式，伪装她的尴尬。

她匆匆扒完饭，把碗筷一放，快步走了。她的刘海很长，我看不清她的表情。

我想象着她的世界，一个人吃饭是什么感觉呢？

大概就是，明明老师今天提前下课，饭堂排队的人很少，今天的菜式是自己喜欢的，阿姨甚至还多给你舀了一勺，你端着热气腾腾的餐盘却并不快乐。

一口吃下去，冰凉，滋味寡淡。

一个人的孤独开始于他试图隐藏和逃离这种表面的孤单。

我很懂她那种感觉，毕竟谁不是这样过来的呢？很多女孩子从小就习惯了成群结伴，习惯了三五个一起买东西、吃饭，甚至上厕所，习惯了左右总有一个人和自己脚步一致，习惯了话语之后有人附和，或者是习惯了附和别人。

让她们安心的不是和谁在一起，而是，有人和她在一起。所以一旦那些总是在身边的人不见了，独自走着也会乱了阵脚。

这大概就是一种叫作孤独的东西吧，它总是潜伏在生活中的各个时刻。

我们总是很爱为自己“加戏”，把一件再平常不过的事情变得苦大仇深。归根结底还是因为自己没有适应，以及对他人的看法过于敏感。

在自我意识还不是那么明显的时候，很多人常常把“独自一人”的意味扩大化了。其实这个世界上大家都很忙，大家都有自己的事情要做，别人陪你吃饭或者你陪别人吃饭，不是为了证明彼此不是孤独的、没朋友的。

只有心虚的人才急于证明别人不在意的事情。

我们面对不同人的状态真的是不同的。

你会发现，你的真心话可能只会对固定的那几个人说，有些人是可以一起聊八卦的，有些人就是客客气气的，有些人是工作伙伴，有些人只是一起吃饭的。

这让我渐渐觉得，“独处的时刻”是种奢侈品，它的珍贵不在于它可以拿来标榜什么，而在于它可以让我们慢慢地思索生活的脉络，以及自己的真实想法。

特别是身处大学校园，张扬、恣意、狂欢的时刻很多，群聚、八卦、叽叽喳喳的时刻也不少。你以为朋友很多，可是渐渐发现，有些所谓的“朋友”，不过是专门聊八卦的，专门一起吃饭的，专门一起去上课的，专门一起工作的，专门客气相待的。

能说真心话的人，太少太少，或者根本没出现过。

这是很多大学生想触碰又不敢触碰的话题，很多琐碎的、牵绊生活的小情绪也由此而起。其实我觉得，我们没有必要把“一个人”当作一段非常难熬，要咬着牙才能度过的时光。

其实你放轻松，慢慢地走，也可以走到一切风平浪静，也可以走得愉快。

因为没有那么多人在意你是不是一个人。

“时常感到孤独”是我们的共性，是这个年纪的人必然存在的属性。只不过有些人承认得早，而有些人迟迟不愿面对这个现实，还企图通过嘲笑他人来伪装自己。

我想说，没有人陪你吃饭不可怕，可怕的是你因为怕别人注意到你是一个人，就随便买一个面包填肚子。你要记得按时吃早餐、午餐和晚餐，还要记得荤素搭配，少吃泡面，多吃五谷杂粮，多喝水，多运动，要打起精神，要把时间分给那些爱你的人，而不是纠结谁不爱你。

这样说可能有些矫情了，但我还是希望你能够照顾好自己。

大学四年是一场隐形的加时赛

///

我想先问你一个问题：你的高考成绩是否让你感到遗憾？

如果你的回答为“是”，我想请问，现在的你，是否做了些什么来弥补这个遗憾；如果你的回答为“否”，我想知道，现在的你，是否做了些什么来延续这份满足。

很多高中的学弟学妹问我高考重要吗？当然重要，因为高考对你来说是未来，而此刻你所做的，能影响这件事的结果。

很多大学生问我高考是否重要？当然不重要，因为高考对你来说是过去，无法改变，但此刻你所做的，可以影响你未来的结果。

我们要关注的始终是“未来”。高考是一场比赛的终点，也恰恰是大学四年这场加时赛的起点。

一个学姐拿到了心仪大学的offer，将成为香港中文大学的研究生。

她说自己向三所学校投了申请，其中两所大学早早就发来了offer，唯独最心仪的中文大学迟迟没有动静。她人在上海实习，心中依然心心念念着那张名校门票。我想怕是没希望了，却忽然看见她发了条朋友圈：“上班时看到这封邮件手都抖了，等offer等到怀疑人生，等到放弃的边缘，终于来了！”

最心仪的那份offer姗姗来迟。

其实几天前，她还表现出隐隐的担心：“香港中文大学更倾向于选择985大学的学生，虽然我的绩点和雅思成绩尚可，经历也有，但心里还是很虚。”

我看过学姐的大概资料，她所在的学校不是985大学，但是她个人的实践经验可圈可点：去台湾交流，做国际志愿者，参加学术论坛，在NGO实习……总之是一份很精彩的人生履历。

其实仔细看看这些申请条件，除了学校水平是“先天的”，对此无计可施，其他的丰富经验都是“后天”自己为自己创造出来的。

她很清楚自己的短板，好在，她的“长板”足够长。

四年的努力和热情，足够让她把自己打造成一块用实力说话的“金字招牌”，甚至可以盖过学校本身赋予的光环。

这些改变，都是她在“加时赛”里的努力换来的。

至今仍然觉得高考失利是我十八岁时的一个遗憾，只不过这个遗憾在日后的努力中慢慢地被抚平，被安慰。

如我这样的个体并没有改变平台的力量，那就只能修缮自身。既然短时间内难以改变这块“短板”，索性就延长自己的“长板”。

经常有高中的学弟学妹给我留言说觉得生活太累，天天都要面对考试分数和排名。我安慰他们：“没事的，熬过去就好了，其实大学也没你想的那么轻松呢。”语重心长后反而隐隐有些羡慕的意味。

如今回忆起来，若不是总被那些分数和排名的压力所“奴役”，很多人可能都不会狠下心让自己多刷点题、看点书，以换得一个高分的机会。

大学的可怕不在于辛苦，不在于压力和排名，恰恰在于，这样的竞争是隐形的、温水煮青蛙般的，大学给每个人很大程度上的自由去爱做什么做什么，然后在某一个时刻忽然显现出它的残酷，杀得人措手不及。

有个读者曾经给我做过这样一个比喻：“大学四年是一场隐形的高考。”我认为大学四年其实是一场隐形的加时赛。

在体育比赛中，加时赛意味着胜负尚未明确，需要延长比赛时间以得出结果。高考决定的只是专业的方向和起点的高低，就像是一场预热，之后的四年才是真正较量的时刻，能跑多远，就是你自己的事情了。

我也很羡慕那些在名校的同学们，但我羡慕的不是他们平台本身的高度，而是他们能够拥有的资源和机遇。可能我所在的地方没有那么多的机会，那我就自己寻找，自己打磨，没有路也挖一条出来。

有差距不可怕，可怕的是你没有意识到这些差距都是可以弥补的。

吃饭时朋友们相互开玩笑："读了几年大学，发现大家的笑点都不一样了。"真是这样。不仅是笑点，我们的谈吐、见识、应变能力似乎都在这四年里慢慢有了差距。

这样的差距不是一天造成的，而是日积月累的结果——昨天你去图书馆，我在宿舍打游戏；今天你去复习功课，我再看一部韩剧；明天你去参加一个志愿活动，我去逛街购物；后天你带着厚重的简历拿到offer，而我只能尴尬地对面试官笑笑："我不会。"

有人说高考很公平，努力学习和不努力学习会有不同的结果。我觉得大学也很公平啊，努力提高自己的人和不努力提高自己的人也会有不同的结果。

对于那些知道自己想要什么人，走到哪里世界都是公平的；即使暂且处于劣势，也能够扳回一成。

我越来越喜欢这样优胜劣汰甚至有些残忍的世界。因为它对那些想努力的人、想变得更好的人，始终保留了一扇窗户。我不敢将自己浅薄的经验之谈上升到人生的高度，也不能保证一个人的付出会和他的收获完全成正比，但我始终相信，在二十岁出头的年纪，很多事情都是有可能的，如果你说不可能，也请用失败证明给我看。

只会抱怨和懊悔的人很容易出局。

希望四年之后的你，要么有好看的学历，要么有出色的能力，最好两者兼具。那个时候你可能会发现，高考给我们的东西远不足以支撑未来，名校的光环也仅仅是暂时的，四年踏踏实实地完成自己给自己的许诺，拥有不容置疑的实力，才是面对未来的真实底气。

毕竟，“比昨天的自己更好一点”是一件多么让人上瘾的事情。

做你该做的事情，趁这场加时赛还没结束。

你本来就是孤品，何必活得像个爆款

///

不久之前萌生了一个念头，想要采访十个95后的大学生，听听他们对于当下生活的思考。我将采访对象定位为那些比同龄人优秀的95后，可在我遇到了第一位采访者之后，我改变了自己的初衷。

这个采访对象好像属于这个范畴，又不属于这个范畴。总之，她的出现让我反思了这个定位的正确性。

遇到她的时候是在长途客车上，我们有缘成为邻座。起初我们都戴着耳机低头刷朋友圈，在付车票钱的时候她少一块钱，我掏出了口袋里多余的一个硬币，于是我们的对话就此开始。

三个小时的车程，足以让两个完全陌生的同龄人无话不谈。

我姑且叫她阿某吧。“刚进大学的时候，我是芸芸众人中的某一个”——因为她这样描述自己。

那个剪着齐耳BOBO头，发尾带点芥末绿色的女孩子穿得很潮，头上一顶鹿皮的贝雷帽，脖子上戴着颈链，有点像《这个杀手不太冷》

里的玛蒂达。阿某在上海一所还不错的学校读大三，课余时间喜欢跳舞，特别是爵士舞，她和学长学姐一起办了一个舞蹈工作室，经常有商演。

我们的专业相去甚远，一个学中文，一个学会计，聊起大学里的种种，路上颠簸摇晃，也是一路欢笑。我摸着她芥末色的发尾："我觉得跳舞的人都好酷啊。"

她笑起来很爽朗："现在很多人说我酷。但是你知道吗，我大一的时候，没人说我酷，一直都是我觉得别人酷。"

阿某是个上进的女孩子，或许并不是天生就那么聪明吧，高中拼命地学习，换来一个尚可的成绩。

"我刚上大一的时候是个'傻白甜'，确切来说是个'傻白'。"她刚进大学那会儿，立志要做一个偶像剧中的女神学霸，所以对照着网上流传的各种"大学生必做指南"开始制订自己的"女神自塑计划"。

因为喜欢看韩剧，大一的时候，阿某狠心掏了几千块钱，报了一个韩语教学班；看到舍友买了一把吉他，她也心痒起来，为自己添置一把；她参加了演讲协会，又有同学找她一起参加新闻通讯社，她也心动；每天晚上，她还要练舞，参加表演。

时间和精力很快就不够用了，但阿某还在用"别人都在进步，我不多努力一下就赶不上了”的理由勉强支撑自己。而且，颇有好感的班长也成了她努力构建自己的理由之一。

“我们班长真的是一个特别优秀的人，还特别聪明，学起东西特别快。”有这样的人在身旁，愈发地煽动起“想要变好”的焦虑，只不过有时候越焦虑，反而越盲目。

大一时难以走近的班长，现在成了阿某的恋人——大二的校园晚会，班长看了阿某跳主角的街舞演出，在后台送给她一大束淡绿色的玫瑰花。

和班长在一起之后，阿某打算重新审视自己负担过重的生活。

“那段时间我天天在舞房练习，每次都最后一个离开，在回宿舍的路上想了半个月，最后决定把该放弃的都放弃。”后来她修正道，“也不能说是放弃，或许本来就不适合我。”

于是在大二结束的时候，她把韩语课程转卖给了同学，推掉了演讲协会的职务，放弃了耗时又薪水不高的文艺咖啡店收银员工作。然后用自己省下来的钱，和学长学姐一起办了工作室。

她说做了小半年的舞蹈老师，很累，但是从来没觉得烦：“或许这才是我真正喜欢的事情吧，我觉得我可以一直跳下去，直到有自己的工作室。”

我觉得自己和阿某蛮像的，在最开始的时候，总怕自己的成长过程中会落下什么，曾经的很多决定都是“参考”他人之后的结果，拼命追寻之后才发现，适合别人的，不一定适合自己；别人喜欢的，自己不一定真的喜欢。

分别前阿某拉住我：“给我你的支付宝，我把那一块钱转给你，我不习惯占人便宜。”

我摇头：“就当我用这一块钱买了你的故事吧。”

阿某身上带着很多人的影子，幸运的是，她是那个从那些影子里跳了出来的人。

很多大学生都是如此，包括我自己，会时常在人群中陷入一种“落后于他人”的恐慌，于是草草地从别人的生活选项里挑出一个，名曰“奋斗目标”。

真的对这件事情很喜欢吗？好像也并不是，常常还没奋斗三天就泄了气。有时候光顾着追求所谓的“优秀”，却忘记了什么才是适合自己的。

我以为自己是在追求“多才多艺”，后来才发现自己追求的是“不要被落下”。对于某种刻板的“优秀”，追求的人多了，反而成了一种平庸，再险峻的高峰都夷为平地。

你是优秀的，但这种优秀不过是“批量生产”的，纵使有再光鲜亮丽的前缀和光环，末尾依然是“泯然众人”。被批量生产出来的“精英”，丧失了个性、独立的判断力和自主思考，依然是廉价的。

其实你认为的“大多数”和你一样持着观望态度，只不过你们默契地跃进汹涌的“大流”。

可是也许自己真的就是那“小部分人”，委屈自己挤入大众容器的形状，疼了还不敢说。

一个开网店的学姐衣服卖得很好，有次无意中听她说起自己的生意经：“其实也不是件件都卖得好，可能百分之八十的利润是来自那百分二十的爆款。”

“为什么爆款卖得那么好呢？有些爆款其实好像也不是那么好看呀。”

学姐忽然意味深长：“可能因为性价比高，还可能因为总有一部分人是靠‘成交量’做判断的，他们觉得，选择大多数人选择的东西，不会出错。”

或许款式并不适合，或许色彩很不衬肤色，或许风格恰恰暴露了身材的缺陷，但是他们还是选择了。

选大多数人都选的，就不会被吐槽了；选大多数人都选的，应该没错；选大多数人都选的，应该很安全。

我们的审美真的是这样的吗？

其实对于一个卖家来说，“爆款”是可以被打造的，产品或许本身就“不挑人”，再加上商家的营销手段，煽动一种焦虑，潜移默化地把很多东西联系在一起，比如那些在宣传过程中掺杂的标签，“潮人必备”“女神标配”“冬季必不可少”，给了很多人“穿上就是女神”的错觉。

在衣服的选择上流于大众或许无可厚非，可怕的是我们的思想和观点也在渐渐被“爆款”侵袭。

观点无关对错，但我们的真实想法被一个又一个“刷爆朋友圈”的观点覆盖和侵蚀后，自己渐渐失去自我反省和诘问的习惯。

我们追逐的、转发的观点会不会是一场精心策划的狂欢？读者其实和消费者没有什么不同，在经过各方观点的狂轰滥炸之后，个人主见的小灯塔被夷为废墟。以至于有时候我们在发表对于一件事情的看法时，第一反应并不是内心的真实观点，而是先下意识地点开朋友圈看看最新的高赞评论，以求得“政治正确”。

在这个时代，观点相撞可能并不是“伯牙子期知音巧遇”，更可能是我们的想法同时被热点文章先入为主。

脑子里装满了别人的想法与观点，就没有了自己的思想。

《欢乐颂》里关关感叹：“我原本以为像小曲这样的富二代，除了玩儿，不会干活呢！”安迪是这样回答她的：“一个人群被圈到两三个字内，比如富二代、官二代、小三、捞女，取其共性而忽略个体的差异性，使我们往往提前预设立场，判断结果也缺乏理性。我们可以三言两语来概括一个人，但不应受到流行思维的诱导，不要从众，应该基于自己的思考做出独立的判断。”

不要被大多数人的选择定义了你自己的选择，不要以爆款标准定位你自己的思考和生活方式。

人生太短，不做爆款。

等我攒够了钱，就去买一枚钻戒

///

前几天和桦桦在乌镇的咖啡馆坐着歇脚，她瞥见我电脑屏幕上珠宝店的官网，以及正在对着手指估量戒指大小的我。

“你不会现在就想结婚了吧？”她笑我。

“还早呢，这是给我妈买的。”

我此前从来没有浏览过这些奢侈珠宝首饰的官网，看着这些光彩炫目的精致珠宝和价位表上让人眼花的“0”，不禁为各位未来的新郎们感到“压力山大”。

前段时间《奇葩说》里黄磊的言论火了：“如果有一天，那个男的跟我女儿说，没有婚礼。我就会跟我女儿说，不要嫁给他。”真的有那么严重吗？我想大概是吧，钻石也好，婚纱也好，都是将爱情具象化的美好事物。并不是少了一颗钻石爱情就不够坚固，但这些“肤浅”的仪式感，恰好是大多数女人都向往的表面的快乐。

我是个普通女孩，当然不例外。

早上给妈妈发了消息。孙女士现在远在美国，我们的时间刚好错开十二个小时，我这边阳光晴好，她说她快睡觉了。从来没有想过我和她会相隔这么远，不过习惯之后也并无不适应。她像个二十岁出头的年轻人一样，在陌生的地方开始了新的人生体验，拥有新的爱情和生活。

孙女士二十三岁结婚，二十五岁生我，二十七岁离婚。她的人生节奏在二十多岁的时候跌宕起伏，狂喜和刺痛交织而来，我的出现是她的安慰，也是她的负担。阳光总是在风雨之后才徐徐展开，恰好她的人生颠簸得早，如今守得云开见月明。

我身上有很多地方和我妈很像，我能成为今天这样子，也多亏了她的栽培。在我成长的过程中，她的言传身教，让我养成了很多细微的好习惯，比如去肯德基吃完饭之后餐盘一定要自己倒掉之类，我至今铭记在心。

她也竭尽所能地为一个小姑娘创造了很多惊喜，让我生活在幻想和宠爱里。

我七岁生日那天，妈妈带我去吃饭，我们坐在中心广场对面八桂大厦的顶楼，到了晚上七点钟，妈妈指向玻璃窗：“你看——”

中心广场上那块巨大的电子屏幕从广告片切到了一张花里胡哨的

图片，上面画满了小兔子、小熊之类的卡通图案，中间还写了几个大字："祝尹××小朋友七岁生日快乐！"

我至今模模糊糊地记得，自己趴在玻璃窗上看着这一切时的心理活动，不是很激动，就是觉得很不现实。问她是怎么做到的，她说她和我干妈去负责屏幕管理的办公室，和别人好说歹说，才争取到了十分钟的时间。

还有一年的生日，我妈带我去买了一大袋子的粉色荧光气球，全部吹好，串起来，挂在房间里，就像婚礼现场那种巨大的气球拱门。我们还为气球拍了照片，虽然照片现在已经找不到了，但人生中第一次迎来少女心暴涨的时刻，竟然是我妈带给我的。

十几年之后再回想起来，这大概是我过的最高调的生日了吧。日后的那些聚会再热闹再隆重，都不及我那十分钟的生日祝福和一串粉红色荧光气球。这些事情我记得很清楚，以至于我认定，以后无论哪个男生再给我来这类自以为浪漫的表白伎俩，都是没用的。

谁让这都是我妈玩剩下的呢。

我对我妈始终是有愧疚的。

我爸总怪我妈把我惯坏了，说她不应该给我买贵的衣服和文具，也不应该带着我去看她画指甲，更不应该在我要学习的时候带我出去疯玩。我妈确实对我宠爱有加，到什么程度呢，别的小朋友上街看到气球，爸爸妈妈会说：“你看看喜欢哪一个颜色？”我妈则说：“每一个颜色拿一个吧。”于是我就像卖气球的小贩一样，拿着一大把气球，享受着其他小朋友羡慕的眼光。

初高中有一段时间，妈妈开始攒钱供房，加上行业也不景气，经济状况并不好，却偏偏碰上了一个叛逆时期少女疯长的物欲。我想要的东西很多，如果没买到还不开心，她常常无奈又生气：“不知道我以前是不是太宠你了，你花钱大手大脚的，买东西只会看喜不喜欢，从来不会关心价钱以及你妈的钱包里有多少钱。”

高二的时候，我和妈妈去逛商场，看中一件大衣，穿上就不想脱下来了。衣服是刚上的新款，价钱真的不便宜。我心里明白，再等一两个月，衣服就会打折，会便宜很多，但我当时脑子不知道怎么想的，坚持要买，和我妈僵持了好一会儿，她最终还是黑着脸去付了钱。回到家我才知道，那段时间她卡里只剩几千块钱，买了这件衣服，很可能饭都吃不起了。

那件衣服的发票现在还被我夹在笔记本里。这件事情可能我妈已经不记得了，但我是真的忘不掉。

我妈有很多无助和失落的时刻，她都自己扛过去了，有时候还要一并承担我的任性和不懂事。这么多年来，我的抱怨和痛苦，所有的负能量她都照单全收。

这些年我能感觉到自己正在变得强大，为自己铸造铠甲，坚硬并且可攻可守。但是我的软肋一直没变，只是藏得深了些，每次一提及，总是暴露无遗。

我们都来自妈妈的身体，虽然脐带剪断了，可是身上必定有某个裂缝通向过去，没有人知道在哪里，但你知道，妈妈身上有一道口子，你心里也有一块不会结痂的疤。

一月的时候，妈妈给我打电话，说她谈恋爱了，和一个叫Kiran的外国人。我虽然搞不明白凭她那并不标准的英语是怎么和对方认识的，也着实佩服她对爱情的追求和向往。

她问我的意见。我想起高二的某天晚上，我和妈妈睡在一起，我说："我有男朋友了。"她回答的大意是："只要你喜欢，他对你好，我都可以接受。"

如今轮到我回答这样的问题，可以照搬当年她给我的答案：

"只要你喜欢，他对你好，我都祝福你们。"

四月的时候，她打电话和我说，Kiran向她求婚了，还准备了一枚戒指，她等了那么多年都没有等到的戒指，在她已经不再期待的时候，有人真诚奉上。他们去登记结婚，举办了小型的仪式，我很遗憾未能参加。收到她发来的照片，两个人的手牵在一起，各自戴着一枚结婚戒指。

她终于戴上一枚不是自己为自己买的戒指了。

我记得我妈有很多戒指，用一个小绒布袋子装着，大多都是金的、铂金的，其中还有一枚钻戒。小的时候以为每个女孩长成女人后都会爱那些细碎精致的点缀，问到她的时候，她总说：“忙了那么久，好不容易休息一下，这是给自己的奖励。”

多年以后，我才知道所谓的“奖励”只是一种心理安慰。无名指上的空白可以自己填补，但是“爱情”这块空白却无人可说，这一种自己给自己的补偿，也是无济于事。

几个月前，我为戒指这件事情哭了一场，最后做了一个决定，许诺说：“等我攒够了钱，就给你买一枚钻戒。”她先是很惊讶，而后觉得没有必要花这笔钱，但在我的坚持下，她也同意了。

她今年都四十七岁了，我总得让她有机会炫耀一番，我希望越早越好。

有一阵网络上热衷于秀自己妈妈年轻时的照片和现在的照片，看过后才发现这些眼角有皱纹的妈妈们都曾经是那样美的仙女。那时候的她们和现在的我们并没有什么不同，穿时下流行的衣服，一脸青涩，皮肤光滑，眼神明亮，写满了对未来的憧憬。

总说二十多岁的女孩要珍惜青春啊，回头问问妈妈们二十几岁的青春，可能有一大半都耗在我们这群娃娃身上了，有没有人还记得她们的青春呢？

可能你从来没有完全了解她，你难道不想去看一看，“妈妈”这个身份之外，她还能是谁？在你没有成为她的梦想之前，她是谁？

凭我的判断，孙女士除了是一个母亲之外，不适合做什么呼风唤雨的女强人，也不适合当什么操持家务的家庭主妇。或许她天生就适合做一个喝点红酒，练练瑜伽，不用为未来担心，只是享受当下的生活，被幸福包围，有人宠爱着的小女人。

妈妈，你要知道，这个世界有时候挺小气的，不是每个人的幸福都会准时到来。但是没关系啊，别人没能给你的东西，你女儿都会慢慢补给你。

而且是更多。

弯路说不定就是必经之路

///

前段时间我忽然开始单曲循环那首《山丘》：

> 尽管心里活着的还是那个年轻人，
> 因为不安而频频回首，
> 无知地索求，羞耻于求救，
> 不知疲倦地翻越，每一个山丘。

对于这一类的歌，我向来是鲜有兴趣的；而且李宗盛在我看来，还是属于父母那一辈喜欢的“过时”的音乐人。但不知怎么地，我被他沙哑的歌声打动，词句厚重又云淡风轻，如落叶纷飞，不知不觉飘到心内一片潮湿的苔藓。

忽然对李宗盛熟悉起来，是因为之前新百伦“致匠心”系列的广告片，片中他既是以第一人称的自述，回顾了自己在东京、温哥华、香港、吉隆坡和台北五个城市的经历，又仿佛是一个旁观者，站在一旁，看自己把过往岁月重新排演了一遍。

兜兜转转，来来往往，明明灭灭，牵牵连连，最后的一句是：“人生没有白走的路，每一步都算数。”

明明知道是广告词，却或直或弯地击中内心最软弱的部分。

李宗盛说：“每当有人夸奖我说‘李宗盛你那个歌写得真不错’的时候，我都想说那个写歌的李宗盛，其实你们并不完全认识。

“我想要跟大家说说过往的日子，也许你们会想要问，原来那么平淡的日子，竟然就是这些歌的来处。”

那些从眼睛夺眶而出的苦楚，淹没在人海里的怯懦与羞赧，肩膀上日复一日的疼痛，堆叠成了对于过去很长一段时间的记忆，以至于如今想起来，仍心有戚戚。

汉语里有一个词叫“弯路”，并不仅仅是说道路曲折，更多的是代指那些在工作、生活中因不得法而多费的冤枉工夫，也包含了那些年轻热情被冷水浇熄的碰壁时刻。

于是有些人把那些被“浪费”掉的时光用“人生的弯路”一语概括，不由分说，判了罪过。好在李宗盛的这部不像广告的广告片给我们提了一个醒：弯路说不定就是必经之路。

若泽·萨拉马戈的《失明症漫记》里说：“命运到任何地方都必须走许多弯路。”太多人想一蹴而就，正中红心，于是千算万算，踏上第一步就不再回头，等终于可以回望来路，才发现终究没逃过弯曲坎坷。

我向来爱看平凡人物的生活小札多过于成功人士的励志传记，因为那种字句之间的意象是可以触摸得到的，是亲切而真实的。

前段时间去了德清莫干山的“清境·原舍”做民宿试睡员，第一次尝试这样新奇的工作，难忘的不仅是这份经历，还有一路上所遇到的人。

晓谦给我的第一印象怎么都想不起了，或许他并不属于那种容易让人记住的类型。可是他的工作，着实让人羡慕。

他是“清境·原舍”民宿的店长，个子不高，头发长而卷曲，快到肩膀了，戴副黑框眼镜，说不上帅气，但是一笑起来，给人一种很踏实的感觉。

说上两句话之后大概印象就出来了：人如其名，晓人情，性谦和。

他是云南人，目前在这边做店长，经营着这家精致又讲究的高端民宿，平时生活就是在这面朝小溪、背靠茶山的别墅一般的房子里泡泡茶，和客人聊聊天，清净又闲适，还有着体面的收入。

晚饭时分，晓谦带着我们顺着山坡走至另一家民宿吃饭。山上没有路灯，四周一片漆黑，他打着手电一路提醒我们注意脚下，细致而体贴。

到了吃饭的地方，他让厨房师傅给我们炒了几个家常小菜，刚从后山挖出来的冬笋，红烧的鸡肉，新鲜的园内采摘的蔬菜。晓谦搬来自家酿的梅子酒，客气地为我们布置餐具："我现在就喜欢陪人聊天，我不仅仅是做民宿，还想和来这里的人做朋友。"

我无意中发现他深蓝色的牛仔裤后袋绣着细细的民族刺绣花边，蓝白灰的菱形格子，大概是那种来自云彩与山水缭绕之地的人，走得越远，越想把与家乡相连的东西穿在身上，才觉得妥帖。

年纪轻轻，在山水如画的地方闹中取静，诗意栖居，生活安稳而闲适，这样的日夜，哪个在北上广的年轻人敢想？

我感叹："真是令人羡慕的工作和生活啊！"

他为我们斟满梅子酒，说起自己的故事。

晓谦没有上过大学。十八岁从云南的大山大水直达上海，想要在这片欣欣向荣灯火辉煌的三角洲上扎根生长。

没有什么学历，也不太熟识新环境，只能靠体力扎根，最开始的几年，他把汗水和迷茫都浇注在了工地上，跟着师傅做了一个施工员，也算是用另外一种方式把自己和这个城市铸在了一起。

后来互联网兴起，晓谦的老板开起了网吧，他也跟着接触到了另一个新世界。从大山出来的他那个时候电脑都不会操作，为了工作，只能一点一点地学，然后在网吧一待就是三年。

后来网吧关了，晓谦也另谋出路，去酒店做了服务员，就是那个时候，他开始对酒店管理和服务有了一些了解。但他觉得这不是自己喜欢的事，也不是最好的出路。

再后来他接触了设计，帮房地产公司制作模型。因为要力求还原，要把房子的各项功能体现出来，需要一块一块玻璃、一根一根栏杆地拼凑粘贴，虽然不是盖真正的房子，可是这些细致的工作对于一个从小粗手粗脚的小伙子来说，也实在是磨人的挑战。

“要有绝对的耐心，不然真的会弄坏的。”小而精致的模型让晓谦把自己的内心和梦想也打磨得明确而生动起来。

“在大城市漂泊久了，对家乡的好山好水愈加牵挂。”晓谦说话也是斯斯文文的，大概是做模型做多了，人也变得细致而安静，“现在的工作我很满意，又可以和山水待在一起，自由，条件也很好，我很喜欢。”

我笑他兜兜转转走了这么多弯路，终于做上了自己真正喜欢的工作，青春都飞走了，已经成了一个两三岁小女孩的爸爸。

他刚开始是笑着点头，后来感叹：“要是不来上海，也不会在这块地方发展；要是不在网吧打工，现在也不会用CAD画图做设计；要是不去酒店做服务员，也不太懂酒店管理；要是不做模型，也没有那么多的耐心一点一点地把一个普通的村委会房子改造成如今华丽洋气的高档民宿。

“当时感觉不起眼，后来发现每一步都起了作用，少了哪一步好像都不行。”

那些曾以为的弯路，恰恰是必经之路。

他举起杯子，把这么多年的颠沛流离混着辣而清甜的梅子酒，一饮而尽。

有一段时间，我也曾为自己的状况苦恼万分，觉得自己所做的一切毫无意义，失望，焦躁，难过不堪。

忽然发现我们好像从来都生活在一个胜者拥有绝对发言权的世界，有了最后的成功，之前所走的路好像才是有意义的。所以我们听一个名利双收的老板讲他创业阶段睡大街吃盒饭的故事会热泪盈眶，却对一个街边卖艺为了音乐梦想节衣缩食的青年嗤之以鼻。

我觉得生活里有两个词是会杀死前进的动力的，一个叫“浪费”，一个叫“后悔”。可偏偏这两个词常常出现在我们的生活字典里，有的人觉得爱了多年却分手了是一种浪费，后悔相爱；学了多年的专业最后与工作不对口是一种浪费，后悔选择；做了多年的项目最后没有成型也是一种浪费，后悔付出。

可是在经历了一些自以为的挫折之后却发现，无关“浪费”，不要“后悔”，因为抱怨和否定真的没有用，能做的不是给那些不起眼的过去画上“×”，而是看看它们给现在的自己带来了什么。

很多事情都是在走了一定的距离之后才出现了意义。

之所以觉得是弯路，很可能是因为走得还不够远。

那些逝去的时光都不是白白流走的，它们终将以另外一种形态依附在你身上，让你成为了现在的你。你走过的坦途可能让你脚步轻飘，绕过的弯路却会让你学会珍惜和踏实。

哪有那么多直达之路，路是一步一步试探出来的。那些为目前的苦闷失落的人啊，归根结底还是急于求成，急于看到结果，所以一旦事与愿违，就埋怨自己做出了错误决定，做了无用功。

弯路说不定就是必经之路，你可不要因为一个踉跄就停在路口，然后悻悻回头。

写给你们，也写给我自己。

共勉。

不怕优秀的人更努力，就怕他们更年轻

///

凌晨睡前，我默默翻看着手机相册里的照片。宿舍早已熄灯，能听到舍友浅浅的鼾声。明明很疲倦了，我却有些失眠。因为几个小时前，我还在学校小剧场，化着浓妆，穿着长而华丽的蓬蓬裙，拿着话筒站在追光灯下微笑。

并非留恋舞台、灯光、掌声与众人的注视，只是想起这几天自己心理状态的变化，微微触动。

正是年末忙得不可开交时，学院老师让我去主持迎新晚会，我一听就摇头拒绝，但最终没有说服老师，推托不得，只好接下。最初那几天，我恨不得逢人就抱怨："我都大三了，这种事情交给学弟学妹就好了，我都是'老腊肉'了，干吗来凑热闹。"

要是大一的时候给我这样的机会，肯定心中是欢喜的，那个时候特别想证明自己，觉得自己浑身都是热情，恨不得把所有的机会都收入囊中。到了大三却有了些怯意，觉得自己好像不该出现在这样朝气蓬勃的舞台。彩排的时候看到另外几个担任主持的大一学弟学妹兴奋又认真的脸，为多分到了一段主持词而不自觉地傻笑，我心里有种说不出的感动。

排练时间并不多，正式上台后并没有预想的紧张。一直以为自己是盼望着这一切赶快结束的，可当结束后大家合影留念的时候，换下大蓬蓬裙子的时候，灯光熄灭的时候，竟然有一丝丝失落。

失落的是，自己刚刚找回大一大二的那种感觉，那种全身心参与活动、积极又热情的感觉，就即将结束了。

一同主持的学妹在灯光下拉着朋友们拍照，笑得很甜很甜。这几个小孩都是院里很不错的新秀，舞台感很好。说实话我有点羡慕，羡慕他们才刚刚开始，大一和大二是他们还未拆包的礼物；而我的大一大二，早就连包装袋都不剩了。

之前有句传播甚广的"鸡汤"："比你优秀的人不可怕，可怕的是比你优秀的人还比你努力。"

可我渐渐找到比这更可怕的事情："比你优秀的人比你更年轻。"

并不想煽动焦虑，而是说说我自己的切身体会。现在的信息更迭得越来越快，科技爆炸式发展，我们95后的人可能在十岁左右接触到电脑，那时我们爸妈那一代已经三十岁了，而我妹妹是00后，电子产品对于她来说，可能是从出生以来就存在的古老物品。她现在初中接触到的知识和技能，可能我高中时才刚刚开始接触。

有个词叫“生不逢时”，年轻的人永远追不上更年轻的人，因为那些后来的人，他们出生时的世界更加发达。你永远都跟不上世界发展的速度，而那些更年轻的人，从小就占有了更加丰富的资源，更加优越的生活条件。

如此这般，与每一个后来居上的年轻人相比，我们都带着一点“过时”的窘迫。

很多人可能都会有这样的体验，有种“学长学姐”心态，或者说是一种“长者心态”。

“这些都是‘小鲜肉’应该做的，我一个‘老腊肉’就不去丢脸了。”

“学长学姐就应该有学长学姐的样子，还和学弟学妹一样忙来忙去多掉价啊。”

“都大四了还玩这些，会不会被看不起啊？”

他们觉得自己在一个集体里年龄稍大，或者资历稍深，就收起最开始那种好奇和闯劲儿，摆摆手坐在一旁，看着新秀们斗志昂扬，眼中虽有羡慕，却还是安慰自己：“年长的人就该把机会多让给年轻人，资历深的人就要有资历深的样子。”

生活中有很多人都存在这种“too old to do”的心态，不仅仅是我们的爷爷奶奶那一代、我们爸妈那一代，甚至是同龄人，可能都会觉得自己已经到了一个正襟危坐的年纪，在那些更为年轻的、带着气焰的人面前忽然间泄了气，有点不好意思却又拉不下脸，于是就端端正正地扮演一个“过来人”，压抑住自己仍然想疯狂的冲动。

其实啊，不怕优秀的人更年轻，就怕你觉得他们是年轻的，而自己不再年轻。

时间对于每个人都是公平的，每个人都平等地拥有年轻的权利，都曾经拥有过最为饱满的身体状态与征服世界的热情。要说永远年轻，那是不可能的，但是可以保持一种“初学者心态”。

回想一下自己最开始接触一个事物时稚气又执拗的样子——虽然一头雾水，慌乱急躁，为自己暂时的失败而捶胸顿足，对他人虚心请教，专注而投入地学习，后来渐渐摸清了门路，驾轻就熟，慢慢地体会到那种成功的、完成的喜悦。

驾轻就熟都是需要代价的，可是在生活里，我倒是希望自己能够拥有“初学者”的心态：好奇，有冲劲儿，打不死的信心，这些都是多么可爱啊！

我见过七十多岁英文说得比大学生还好的老爷爷，身上带着一个小本子，记录偶尔遇到的单词。问他为什么一把年纪了还那么勤奋，他的回答超级简单：“我想学英语，因为我想看外国报纸。”

那是我在车站等车时偶遇的陌生人。这样的人让我觉得，我们口中的“老”实在太肤浅了，难道是眼角的几道细纹？还是日渐增长的年纪？

或许在一些人身上，“老”是个很虚无的词吧，因为他们心中有一团火焰，会把一些无谓的东西都化为灰烬。

总有人说年轻就是资本，其实年轻就意味着手中空无一物，却有着重来的机会和尝试的勇气。随着年岁渐长，我们拥有的东西积累得越来越多，很多人反而故步自封，守着已得的东西不敢再去勘探。

被抛弃的不是“年纪不适合的人”，而是“自以为不适合的人”。

木心在《鱼丽之宴》里写过：“年轻，真像是一个理由，一个毫无用处的理由。”

同样，对于一些人来说，“不年轻”也像一个毫无用处的借口，你以为只是推掉了一时的窘迫，其实还推掉了与更加新鲜有趣的自己相遇的机会。

你所谓的“忙碌”意味着什么

///

昨天部门聚餐，酒足饭饱之后，一群人手拉手回学校。有与我熟悉一些的朋友说：“你每天要上课、写作业，还要推送文章、做电台，还有各种活动，时间被排得满满的，我好羡慕这种充实的感觉。”

我略无奈地解释道：“充实意味着忙到爆炸。”

她说：“充实，忙，心里踏实。”

我笑：“你真懂我。”

我每年都为自己准备一个红色的日程本，里面被各色圆珠笔标注了密密麻麻的符号——红色的是班级事务（我是学习委员），绿色的是个人待办事务，蓝色的是其他活动或者计划。边边角角上也记录着本月看过的书和电影，以及一些新的想法。那些潦草的字迹和各色的线条满满当当，是我分外忙碌的大学生活的痕迹。

我天生是个闲不住的人，或者说，我就是爱折腾，喜欢尝试新东西，不满足于现状。

因此我在大学这几年，除了本专业分内的学习任务之外，还做了很多看起来和我的专业无关的事情。有时候躺在床上闭着眼，我会回想那些脚步匆匆的忙碌日子，我见过清晨寂寥的星辰，也吹过深夜刺骨的寒风。

我时常在疲倦时捏着酸疼的肩膀问自己："你为什么要让自己那么忙？"

大一时我曾一度纠结过这个问题。社团活动我积极参加，学校的各种比赛我也爱凑热闹，争分夺秒看书、写作业，还为自己建了个人电台定时推送节目……很多次我想打开一部韩剧，好好享受一下那种"闲适时光"，却发现自己还有稿子没写，马上要开会，节目也没剪。看着男主角帅气的脸，心里想着的是明天交不上稿子怎么办。

我做这些"苦其心志，劳其筋骨"的事情到底意义在哪里？

悲哀的是，当我的大一结束时，我仍然没有答案。

直到大二结束，此时已获得了一些尚可的小成绩，回想起自己大一那些忙碌的日子，也渐渐明白了它的意义。

忙碌，是为了给过去一些交代，给未来一些机会。

应该种树的时候是不该乘凉的。现在所做的一切，只是一个"播种"的过程，收获的季节有早有晚，静候是最好的姿态。

忙碌可以让你走出眼之所见的小圈子，了解自己所处的位置，估量进步的可能性。

有个同社团的学长，是学校里的风云人物，早就听同学说起过他的事迹，内心也暗自佩服。但一般厉害的人都戴着高冷气质的光环，我曾有些怕他。

有次和他聊天，他教我做策划组织活动，才发现他是个很随和可爱的人。我向他抱怨自己的大一忙碌又迷茫，他和说起他大一大二时的故事。

他曾是复读生，“高四”的时候在桌旁的墙上写下自己未来的目标，人人都笑他不自量力。后来他刚到大学，野心勃勃，给自己定下目标：大一时做到别人大二才能做到的事情，大二就要达到大四的水平，大三有养活自己的能力，大四要创业开公司。

别人说他太傲，他不以为意。由于性子急，他在最开始的时候得罪了不少人。

大一他带领团队做创业比赛，磕磕绊绊走了不少弯路，也学会低头，懂得很多为人处世的道理，靠着那份倔强，很多比赛做得比学长学姐还好。大二他去实习，把从比赛里学来的东西用在实战中，实习期间学来的一套又用在以后的比赛上。大三他是学生会主席，注册了公司，并且和别人在当地开了一家网咖。他进大学时对自己的许诺算是完成大半了。

以前做策划的时候我常被他批评，他总说你不是不行，而是太会为自己的不尽全力找理由。他做策划，会精确到每一个细小的标点；做财务报表，不会就看书、上网，一点一点自学；准备比赛，会花一个晚上去仔细分析每一个对手的弱点，每一个评委的信息，甚至比赛场地的投影仪位置。

“我不能有一个环节的疏漏，因为我深深知道自己的短板，所以在其他细节部分会格外注意。我知道自己目前的能力还有很多需要提升的地方，在我还达不到之前，只能以弥补细节取胜。”他曾经站在木心美术馆里的一行字下拍了张照片，那行字是：“世界上有多少墙壁呀，我曾到处碰壁，可是至今也还没画出我的伟大壁画。”

我问他为什么那么拼，他说：“每次我觉得进行不下去的时候，我就想，此刻，那些和我同一个专业，但是在顶尖学校的同龄学生们，他们正在做什么？这样一来我就会觉得自己还是太落伍，所以我只能把能做的都做了，才能缩短和他们的距离。”

周围有些同学，到了大二，渐渐变得焦虑起来，开始考虑未来方向，觉得必须要做些什么。打算考研吧，于是经常在朋友圈里晒出自己的背单词计划，可是那样的每日“打卡”行动不足半月就匿了踪影；转而又决定去实习，嚷嚷着要做简历，刚搜集好几个模板，发现最新的韩剧不能错过，于是打算将学习计划“暂且”放放，这个“暂且”转眼就是一学期。

我很庆幸自己刚进大学就有一种惧怕落后于人的焦虑感，我并不是一个看上去那么云淡风轻的人，害怕那种在人群中庸碌一生的感觉，所以我告诉自己不能浪费每一个机会。最忙的时候，我连续三个周末都没有休息，一度累到哭，哭过之后还是把该做的事情都做完。

很多人觉得只要“有事情做”就是“忙碌”，“忙碌”就等同于“努力”，而“努力”意味着“成功”。但其实忙碌不是表面上的，归根结底是对生命的精打细算。

忙碌不是你象征性地早起背背单词，坚持了两三天觉得自己睡眠不足要补觉；不是你每日慌慌张张地把随便写的作业交上去，解释说自己因为社团事务太多来不及；不是东奔西走看起来做着很多事，最终落实下来的却寥寥无几。忙碌不是面子工程，其他人才不会按时检阅和视察。

口号式的忙碌只是一时的自我安慰，而那些真正的忙碌不是没有方向的，是精打细算之后，细化到每天的行动。它们常常是平淡而充满轻微疼痛感的。

我说过，在大学，孤独是一种常态，这个“孤独”其实是忙碌过程中常常需要面对的一种状态。在大学，忙碌的意义在于让自己变得更加开阔，对于未来、对于生活拥有更多的选择权，感受到自我的种种可能，扩展生命的张力。

真正的忙碌是无声的。忙碌不是一种表演，你只是淋漓尽致地感动了你自己。忙碌是一种状态，对于时间、资源的珍惜，对自己的打磨，认识到自身进步的可能，然后以最快的速度奔过去。

优秀的人都是赌徒

///

“我好菜啊！”最近有两个朋友竟然用了同样的句式向我抱怨。

朋友A，想出国，最近忙着准备托福考试，但是英语基础不是太好，忽然努力起来，显得有些力不从心。他想去的学校要求托福成绩在九十分以上，可是以他现在的水平，大概要高强度地学六个月才能考到八十多分，他觉得很无力。

朋友B，前几天刚刚参加了同学聚会，老朋友相见，自然互相坦陈一学期的得失。他当天晚上就失眠了，明明喝了很多酒，翻来覆去就是睡不着。他说：“我都不敢想象我以前竟然和这群人一起读过书。”饭桌上，左右坐着的都是“大神”，不是在忙比赛，就是搞研究，个个说起未来都意气风发、光芒四射。他对我说：“好像只有我还没想清楚自己到底要干吗。”

类似这样的感叹时常出现在我们年轻的岁月里，就像脸上冒出的小疙瘩，虽然不是那么疼，但摸起来终究是不太舒服的。

在一群自带光芒的人面前自惭形秽，当踮起脚尖甚至跳起来也摸不到目标时，一些被称之为骄傲的东西起了褶皱。

“我好菜啊！”其实，我也常常对自己说类似的话。

有次去参加一个创业项目的答辩，台上的“大神”们个个意气风发，穿着干练的职业装，PPT也做得精致，开口是流利的英语，说起团队实践成果的时候滔滔不绝。

我带着自己单薄的材料，一脸尴尬的笑，想强装镇定，只求在气场上不要输给人家。站上台的时候，老师们不断地向我提问，那些伪装起来的气泡被老师尖锐的目光戳破，我心一虚——果然气场这种东西是装不出来的。

于是内心的骄傲小小地皱了一下，又被我若无其事地展开。

对于我这样死要面子的人来说，这个现实实在难以承认，可相比起来，我真的好菜啊。

人和人真的不要轻易比较，一比较，参差不齐的水平会让落差感不断加剧，羞愧得都想跳楼：“为什么别人就能做得那样好，而我不能呢？”

有个一同参赛的同学院的女生，刚刚凭借她的自媒体项目拿了两万块钱的创业资助金。赛后在回校区的车上闲聊，她问：“你为什么来参加比赛呢？”

我撇撇嘴："还不是老师让我来，我也不太会，随便弄了点资料就来了。"

"其实我觉得你这个项目蛮好的，如果更认真一些做的话，真的是可以的。"

我知道她是真诚的，听她这么一说，忽然一阵悔意涌了上来，自觉难堪，于是自嘲："唉，看来今天不太走运啊，不像你，运气那么好，拿了两万呢！"

她说："我才不是来赌运气的。"

我这才想起那段日子她坐在咖啡吧整理资料，和团队成员一起整理图表、计算比例、设计项目简介书的内页和封面，前一天才参加完院里的活动，第二天就急急忙忙地赶到比赛场地，听说连PPT都是在车上完成的。

那些天天把时间和精力投掷出去的人，其实承担着更大的风险。他们并不比常人天资聪颖，只不过他们有着赌徒般孤注一掷的勇气，有赢的渴望，也做好了输的准备，所以他们常常收获更多。

在电影《蓝莓之夜》里，除了那个为治疗心碎而远走高飞的伊丽莎白，女赌徒莱斯利更让我难忘。因男友出轨而心碎出走的女主角伊丽莎白转移到赌场工作之后，遇到了女赌徒莱斯利，她年轻，染着一头金发，笑容妖娆，不知天高地厚，所知的一切都来自她的赌徒父亲，以能看透牌桌上对手的心思而自傲。

可赌场不是一般人能去的地方，人们到了这里，都开始有了抵上全部身家一搏的勇气，他们沉迷，疯狂，不休不眠。莱斯利输得精光，却坚信自己会赢，她走投无路，向正在做女招待的伊丽莎白借钱。

“我会翻盘的。”她说，那种志在必得的信心写在她的脸上。

她的确赌赢了。

电影的最后，她们每人开着一辆车，各自踏上归程，在深夜的公路上挥手告别。

莱斯利的身上有很多人的影子，他们有着共同的气质。以前我总以为，那些厉害的人，他们的人生顺利得就像开了挂，上帝总是给他们最好的运气。后来才知道，运气不过是他们的谦辞，他们敢于在别人说“慢着慢着，太危险”的时候马力全开。

其实优秀的人都是赌徒，他们从来不是稳操胜券，有时候运气也不是很好，所谓十足的把握，都是旁人的误解。他们其实和一般人没什么不同，只是胆子更大一些，有孤注一掷的勇气，所以他们赢的机会更多一些。

我们常常为自己的状态感到担忧，我们常常在一条看不到方向的长路上遥望，我们不确定自己正在走的路和想要走的路是不是真正适合自己。我们都是俗人，无法避免受到一些很现实的因素的羁绊，可是我们还是会走上那一条更加颠簸刺激的路。

我们生而对“变化”有种担忧，很多人以为不变真的可以应万变，只要不越过雷区半步就是安全。可是安全范围越来越小，等到没有落脚之处的时候，你才幡然醒悟，总是画地为牢的那个人，才满盘皆输。

一直在想，有的时候我们之所以浑浑噩噩疲倦失落，是因为我们不是不想要更多东西，而是不敢要，或者说底气不足，进而影响了行动力，然而还安慰自己“很多东西是要顺其自然的”。

前几天朋友给我寄来了生日礼物，盒子里有张卡片，写着纪德的一句话：“我生活在妙不可言的等待中，等待随便哪种未来。”

我觉得能说出如此洒脱无比的话的人，肯定事先留了一手。

他已经尽可能地做了很多准备，把未来不想要的状态全部Pass掉了，剩下的无论是什么样的，都值得妙不可言的等待。

那些优秀的人都是赌徒，他们赌的可不仅仅是运气。

后记

二十岁，是别在胸口的玫瑰和松针

十八岁高中毕业的那个暑假，我和爸爸在家里喝茶，他问我以后的职业规划，我说不知道，走一步看一步吧。

“不过我倒是有个愿望，很想出一本书啊，虽然也不知道可以写些什么。哪怕需要自己出钱去印都好，这一辈子想写一本书。”我也不知道当时为何说出这样的话，在对未来尚且一无所知的时候，手无寸铁，却渴望与外界交手，无端生出了许多绮丽的念头。

爸爸惊讶之余是鼓励的态度：“那好，我给你一个目标——在三十岁之前，争取出一本你自己的书。”

我随口答道：“好。”

这个“约定”并没有被我放在心上，爸爸好像也没有当真，我们都心照不宣地将它当作一句玩笑话。

二十一岁的时候，我的第一本随笔集出版了，也就是你现在看到的这本《我们的年轻，柔软而硬气》。

琐碎的大学生活日常，二十几岁的情绪和梦想，被印刷成铅字，送到天南地北不同的人手里，被放在床头、书架，被随意翻阅，被谈论，被记住或者被喜欢。

这些都是我万万没有想到的，因为我自认并非博学多识，不精于文字，不擅长表达，甚至连讲个笑话都有些乏味。曾有很长一段时间生活在自我怀疑之中——成绩不拔尖，找不到未来的出路；也曾不被看好，不被接纳。但是那些不太好的回忆都随着找到自己喜欢的事情而被推出好远。不知道从什么时候起，我开始沉浸在自己擅长并喜欢的东西中，开始尝试用另外一种方式去表达自己的感受，开始正视所有过去羞赧和踌躇的时刻，开始自我推翻和重新塑造。

我开始真正地寻找那个我想要成为的人，然后不顾一切地跑向她，离她近一些，更近一些。

我想象，维安并不是一个有很多故事的女同学，但她或许是一个能够讲好故事的人，可以将生活赠予自己的欢喜和伤痛内化后熬制为一剂文字，或者抚慰，或者治愈。

在为这本书拍摄插图照片的时候，摄影师机缘巧合般地选取了两个场景：一片茂密的松树林和一家摆满玫瑰花的咖啡馆。当时受限于光线和背景，时间不多，在一天里匆匆完成。

拿到照片的时候其实很惊讶，暗暗感叹着照片中的意象和这本书的主题如此契合：玫瑰花温软娇弱，鲜艳张扬；松树正直坚韧，孤独挺拔。

这不正是二十岁时的模样吗？外在明媚柔软，内在又是如此坚强，既夹杂着脆弱，也有着坚硬的刺。

这也正是我想在这本书里表达的态度。一个年轻人可以活得很柔软，又很硬气，对周遭事物包容理解，却不妥协于违背内心的东西；不指责，不抱怨，对未来虔诚无比。

写的东西越多越明白写作是一门手艺活儿，需要沉淀、积累和升华，在遣词造句的过程中也越来越感知到内在的局限。不敢以“作家”自称，只是希望自己能够不辜负这些喜欢和支持，好好在这个方向上探究下去，让自己拥有一把“锋利的刀”，剖析自己，剖析周遭，剖析这个世界。

这本书能够出版实属不易，在此我要向一直支持我的人表示最真诚的感谢。

感谢我的爸爸妈妈以及所有家人，他们都是我的骄傲。我的爸爸让我成为一个有理想有野心的“硬气少年”，我的妈妈则影响我变成浪漫闪亮的“温柔少女”。

感谢为这本书付出的北京时代华文书局的编辑们，他们都是细致负责的做书人。

感谢“为你读英语美文”节目组，感谢我的好朋友们，感谢我的恋人。

更重要的是，感谢所有读者们的支持和包容，你们的存在，给了我造梦的机会。

书中插图来自我的学姐纸巾和阿绿，好友范翔、若昕以及学妹周欣宇，他们都是才华横溢的摄影师，镜头之下，万物温柔如诉，美到沉醉。

《我喜欢一切不彻底的事物》里有一句：“一生都在半途而废，一生都怀抱热望。”

能让我坚持下去的东西不多，可一旦认定了，就不想改变。

感谢我们的相遇，愿我能继续为你讲述温而不沸的成长与生活。

写于校园图书馆

我知道这世界不完美，
但依然对未来虔诚无比。

我们二十岁

20岁前是意气风发的少年模样，四处游荡，天真恣意潇洒，没有东西能伤我分毫。今年20岁，命运看不惯我太顺，毫不留情给予重击，我不服气，下定决心从现在开始，要像个坚毅的战士，与所有厄运抗争，直到自然长眠那一刻。

——neon，20岁，即将飞去埃及做志愿者

/ / /

20岁的那年，我犹豫以后要不要留在杭州工作。每天实习结束，路过小区闻到一阵阵饭菜香，看着小朋友们上完补习班吃着零食结伴回家，我的眼泪就一直在眼眶里打转。那时我想我应该回家。

而现在，我已经把工作定在了杭州。

——木巽子，22岁，即将毕业的大学生

/ / /

20岁的时候，想去他的城赏花。从此，每年开花的季节都会想起他。

——Cherish，24岁，认真生活的女同学

/ / /

20岁的夏天，电脑屏幕前泪眼婆娑的我，模糊视线中那三位数的高考成绩，还有我头上碎裂的书架玻璃。次日才发觉，父亲将我学生生涯中仅得的一张“三好学生”奖状补在了那个被我一拳打碎的窟窿上，也补在了我的心里。

——严肃脸，23岁，追求独立的大三学子

20岁那年，我一个人背着书包去复读了，现在21岁的我很幸福，不后悔。

——大陈同学，21岁，在校大学生

/ / /

高考结束，希望20岁的我不会让18岁的我失望，也希望20岁的我会永远怀念18岁这年高三的日子！

——闪烁君，18岁，高三毕业生

/ / /

20岁那年，被一场爱情打成重伤，然后遇到一个男生。2017年的“六一”，25岁的我和那个男生领了结婚证。

——月华，25岁，喜欢写文章的公务员

/ / /

20岁那年，我在回家的火车上遇见他，他借衣服给受冷的我穿。我没勇气问他的联系方式，希望可能会留在南京的他一切都好。

——未选择的路，21岁，即将大四

/ / /

20岁的这年，我多了一个身份——抑郁症患者。我写了很多文字，不知道能否摆渡自己，但至少，越来越好。

——王小青，20岁，大二的姑娘

/ / /

20岁那年，我拒绝了一直陪我的那个他，在小西门唱了一晚上的《那就这样吧》，原来是那么难受。

不能做朋友。

——酷炫琳，23岁，还一直单身着

/ / /

20岁在科目二的考场开始，没有蛋糕，没有家人，没有爱，平平淡淡。

——Cila，20岁，一个父母离婚的单身女生

20岁，眼睛第一次长麦粒肿，半年才好，留下一道印迹，很不自然，我也很不喜欢。20岁，我会为怎么向别人做自我介绍而紧张和思考好久。

——又迪，21岁，如今有很多独处的时间

/ / /

我们穿过了8233公里的距离，在小小的澳大利亚阿德莱德相遇，你是我20岁全部的回忆。我们都在这个城市中迷惘，还好我遇见了你，还好我拥有了你。

——INNO，20岁，在阿德莱德的留学生

/ / /

20岁那年，为了爱情放弃了出国学习的机会，跟全家闹翻，妈妈因为我得了抑郁症。两年后我和他分手。一直觉得对妈妈有愧疚。

——二红，26岁，感觉自己好久都没有真正快乐过了

/ / /

20岁的最后一天，和大水怪开始在一起。

——林嘉歆，24岁，异地恋中

/ / /

20岁，第一次看见爱情的模样，多希望和你终成眷属，最后却各自天涯。一别六年，希望你一切都好。

——张凯华，27岁，奔三路上的单身男、假文青

/ / /

20岁的时候，他和我说毕业照和结婚照一起拍。毕业前一年，我们分手了。

——耗子，21岁，大三学生

/ / /

7岁认识的他，在20岁成了我的他。

——史欢，20岁，大三老学姐

20岁，跨越1200公里，从未出过县城的我，装着父母的惦念，一人前往北京求学。

——Leaf，21岁，大二学生

/ / /

如果20岁我没有勇敢去选择自己想要的，现在我在一个乡村里做小学老师。

——勇敢努力的窦儿，22岁，准备考研中

/ / /

20岁的时候跟她说，毕业后要带着工资带着她去环游。23岁毕业了，有工资了，也环游了小半个中国，她却已经离开三年了。想念奶奶。

——恬静，23岁，工作第六个月

/ / /

在我20岁的时候，外婆学会了用微信，和在异地读书的我视频，给我每一条朋友圈点赞评论。她是这世界上最可爱的女人。

——小白，20岁，认真生活中

/ / /

大爷爷去世，明白了一个道理：没人会等你成功。我在时间面前还有青春可以挥霍，可是父母已经没有那么多时间了。

——刘天宇，21岁，明年毕业的大三党

/ / /

20岁这一年，第一次庆祝5·12护士节，第一次宣读“南丁格尔誓言”，第一次被授予护士帽。

——王木木，20岁，护理学专业大二在校生

/ / /

20岁那一年，我拿到了广西区的5000尺女子自行车比赛第一名，还破了区纪录。

——维安的外婆，79岁，身体健康

和维安一起，
阅读更多精彩内容

维安记
讲述温而不沸的
成长与生活

有书
每周共读一本书，
组队对抗惰性

富兰克林读书俱乐部
百万新中产的
生活学院

简书
创作你的创作

意林
熬制当代中国年
轻人的暖萌鸡汤

为你读英语美文
属于你的英文
私享时光

这善变的世界，
难得有你

作者：小北

明天我要去冰岛

作者：嘉倩

你在不怨的世界里，
成了更好的自己

作者：奶茶熙

没关系，
你来得刚刚好

作者：岸上行走的鱼

万一我们
一辈子单身

作者：少女绿妖

万能少女旅店

作者：夏不绿

有些日子，
你总要自己撑过去

作者：眷尔　孙玮

我很好，那么你呢

作者：文吉儿